Destino em aberto

Marisa Lajolo

Ilustrador: Rubem Filho

Altamente recomendável – fnlij

conforme a nova ortografi...

editora ática

O texto ficcional desta obra é o mesmo da edição anterior
Destino em aberto
© Marisa Lajolo · 2001

DIRETOR EDITORIAL · Fernando Paixão
EDITORA · Gabriela Dias
EDITOR ASSISTENTE · Fabricio Waltrick
APOIO DE REDAÇÃO · Pólen Editorial e Kelly Mayumi Ishida
PREPARADORA · Maria Luiza Xavier Souto
COORDENADORA DE REVISÃO · Ivany Picasso Batista
REVISORA · Camila Zanon

ARTE
PROJETO GRÁFICO · Tecnopop
CAPA · Exata
EDITORA · Cintia Maria da Silva
EDITORAÇÃO ELETRÔNICA · Studio 3 e Exata

CIP-BRASIL. CATALOGAÇÃO NA FONTE
SINDICATO NACIONAL DOS EDITORES DE LIVROS · RJ

L194d
2.ed.

Lajolo, Marisa, 1944-
  Destino em aberto / Marisa Lajolo; ilustrações
Rubem Filho. - 2.ed. - São Paulo : Ática, 2008
  176 p. ; il. - (Sinal Aberto)

Apêndice
Inclui bibliografia
Contém suplemento de leitura
ISBN 978-85-08-10638-7

  1. Igualdade – Literatura infantojuvenil. 2. Brasil
– Condições sociais – Literatura infantojuvenil.
I. Rubem Filho (Ilustrador). II. Título. III. Série.

06-2901.   CDD 028.5
                                  CDU 087.5

ISBN 978 85 08 10638-7 (aluno)
ISBN 978 85 08 10639-4 (professor)

2012
2ª edição, 5ª impressão
Impressão e acabamento: Gráfica VIDA & CONSCIÊNCIA

Todos os direitos reservados pela Editora Ática · 2002
Av. Otaviano Alves de Lima, 4400 – CEP 02909-900 – São Paulo, SP
Atendimento ao cliente: 0800-115152 – Fax: (11) 3990-1776
www.atica.com.br – www.atica.com.br/educacional – atendimento@atica.com.br

Outros Brasis

Destino em aberto, romance de estreia de Marisa Lajolo, conta a história de dois adolescentes de classes sociais diferentes: um é **morador de rua**, que cedo se envolve no tráfico de drogas e não vê como escapar desse destino sombrio; o outro é um **jovem rico**, herdeiro de um grande negócio, mas sem vocação para seguir os passos da família e tornar-se empresário.

O que eles têm em comum? O nome de poeta e a paixão pela música. Bilac, o menino de rua, orgulha-se de seu nome e usa seus versos para iluminar um pouco o **cotidiano violento e miserável** em que vive. Homero, o adolescente rico, odeia o nome grego que seu pai tirou de um livro e quer usar o *rock'n'roll* para expressar seus sentimentos.

Ambos saem de São Paulo em busca de uma vida melhor e conduzem o leitor Brasil afora. Nesse caminho, vivem momentos de perigo e inquietação em meio ao fogo cruzado das quadrilhas do tráfico, e conhecem as belezas e as misérias da realidade nacional. O **destino** faz com que suas histórias se cruzem para que eles possam unir a paixão comum e transformar suas vidas.

Esta obra, além de narrar uma **aventura digna de cinema**, mostra a diversidade da cultura brasileira — estilos de música, de vida, de linguagem — e estimula a discussão sobre sérios problemas sociais que assolam o país — a distribuição de terra, o tráfico de drogas, a prostituição infantil, entre muitos outros. E você também poderá saber um pouco mais sobre a autora em uma entrevista exclusiva que está no fim deste livro.

Não perca!

- A viagem de dois jovens de classes sociais diferentes pelo Brasil.
- Um retrato detalhado do funcionamento do tráfico de drogas.

Sumário

Um crédito, um agradecimento & uma dedicatória

A Olavo Bilac e Manuel Bonfim, que em 1910 inventaram a viagem que inspirou este livro.

A Samir Curi Meserani, mestre de todas as letras, in memoriam.

Ao Franco, que há tantos anos me ensina que melhor que ler e escrever romances é viver uma história de amor.

1

Uma história que deu na tv

Com voz macia e olhar brilhante, ele contava sua história. Era um rapazinho mulato, alto e magro. Estavam todos atentos, olhos e ouvidos colados nele. Seu rosto expressivo e suas mãos de dedos longos e ossudos sabiam realçar um episódio, transmitir sentimentos, descrever um tipo. De vez em quando, alguém interrompia:

— Nossa, parece filme de TV!

— Dava até seriado...

— Mas faltou mulher nesta história. Não tinha, meu?

Catarina e Padre Vítor estavam sentados num canto, meio afastados da moçada que se derramava por almofadas, poltronas e cadeiras, quase todas meio desconjuntadas. Os dois também acompanhavam a história absorvidos pelo que ouviam e fascinados pelo talento do Poeta para contar histórias. Sabiam que o que ele contava era a história verdadeira dele.

— Eh, Poeta... Vai ter de dar certo no fim, porque tu é que tá contando e é a tua história!

Padre Vítor e Catarina sabiam bem que só muito raramente histórias de droga e de violência tinham final feliz.

— Como é que tem final feliz, Poeta?

— Quem vem do muquifo não se trepa, meu...

— Final feliz é coisa só de novela!

Eram nove horas da noite. O céu tinha limpado depois da chuva que pipocava nas folhas de zinco da cobertura, pontuando o começo da história que o Poeta contava. Um temporal tinha cortado o céu com relâmpagos, empapado a terra e deixado as árvores escorrendo água. Mas já tinha acabado e agora as folhas encharcadas brilhavam ao clarão prateado da lua.

Na sala do acampamento Cobra Norato, jovens de todas as cores, vestindo shorts e camisetas nem sempre do tamanho certo, volta e meia interrompiam a história que tinha começado na hora da chuva mais forte:

— Ô, Poeta, tu não tinha medo que os homem do Geraldão fosse atrás, depois que tu foi pra fazenda do refino?

— Tive. Tive mas encarei.

— Teve mesmo medo, Poeta?

— Tive e muito, meu! Morria de medo.

— E tu fala assim que teve medo, que nem se fosse frouxo?

— Frouxo? Quem é que não tem medo, meu?

— Deixa ele falar...

— É que também morria de medo se tivesse ficado. E também tava morrendo de raiva! Daí encarei...

— Ô, Poeta... e se eles tivesse te apagado?

— Pô, se tivesse, não tava aqui hoje contando a história, mano...

— E se torturassem você, Poeta? Encarava também?

— Se torturassem...? Ah, sei lá, não sei! Só sei que me mandei. Sacudi a poeira.

— E era pó, poeira mesmo, né, cara?

A história continuava, levando os ouvintes para longe dos tapetes de palha e almofadas coloridas que forravam o chão da sala, das poltronas desconjuntadas e do grande aparelho de TV na prateleira alta. Os meninos e meninas que viviam no acampamento Cobra Norato viajavam no enredo que o Poeta ia desfiando.

Ele começou contando que tinha chegado ao Norte na boleia de um caminhão. Vinha fugido do tráfico do pó em São Paulo, de onde tinha saído no meio de um aguaceiro medonho, que tinha parado a cidade por mais de duas semanas.

— Foi no ano passado. Alagou tudo. Deu na TV. Vocês não viram?

Catarina tinha visto e se lembrava. Prestava sempre muita atenção em notícias de São Paulo. No caminho de casa, a história do Poeta não saía da cabeça dela.

2

O xará de um poeta

Chamava-se Bilac.

O pai tinha sido funcionário público. Assinava o ponto e, antes de pegar enxergão e balde, lia os jornais que ficavam debaixo da escada: esporte, noticiário policial, nada de política. Demorava mais na página que tinha versos. Gostou muito de um poema que leu e decorou o nome do poeta: Olavo Bilac. Os versos diziam que *por estas noites frias e brumosas/ é que melhor se pode amar, querida...* Ele achou uma beleza e de noite repetiu para a mulata Lindaura.

Quando nasceu o filho, juntou a Jorge — São Jorge era devoção antiga da mulher — o nome de Bilac, o que causou espanto no quarto que a família dividia:

— Que raio de nome estrangeiro é esse? — estranhou o meio-cunhado.

— É nome de gringo...?

— Lá no Rio tem uma rua com esse nome...

Chamava-se Bilac, e ficou sendo *o Poeta*, primeiro para o pai, orgulhoso de um filho mais velho, homem e cabeludo como o avô que tinha ficado na

Paraíba. Nem ele nem ninguém sabia se, por força do nome, por destino, ou por jeito dele mesmo, o menino foi crescendo jeitoso com as palavras, decorando letras de música, inventando versos. Quando cortavam água e luz, a turma do cortição reclamava com canção de Bilac:

Pode cortar que eu não saio
Pode cortar que eu não ligo
Quer cortar pode cortar
Tu corta eu não saio e inda brigo

Ficou sendo Poeta para todo mundo, e mais tarde, quando morava na rua, também para os que com ele dividiam esquinas, marquises de prédios e bancos de jardim.

— Poeta, não vem chegando não, que não sobrou nenhum...

— Ei, Poeta, não chega mais não...

— Descolei primeiro, chapinha...

— Fica na tua, mano Poeta, que ninguém tá a fim, saca?

— Te liga, Poeta, te liga e se manda, falô?

A transformação do pai — Rosemiro José da Silva — de empregado do Estado em empregado do pó foi simples: precisava de dinheiro. Depois de Bilac vieram mais quatro no quarto apertado do cortiço próximo da Estação da Luz. Lindaura morreu no parto do quinto filho.

Rosemiro começou transportando trouxinhas de fumo e logo passou a entregar pó e pedra. Depois ficou por conta dele recolher o dinheiro das diferentes bocas para levar aos homens. Era de toda confiança. Morreu na ponta das balas de outros homens que não tinham gostado da divisão do território. O território eram cinco colégios grandes, três fliperamas e dezenas de lanchonetes e barzinhos. Não gostaram, e para mandar aviso metralharam a quermesse. Rosemiro morreu.

— Foi um pipoco de azeitona que não sobrou nenhum — resumiu Bilac quando contou a história para a turma do acampamento Cobra Norato.

Os homens pagaram o enterro do pai e mandaram recado para a avó, que cuidava das crianças: tinha um bico para o garoto que levasse mais jeito:

— Pois o menino começa como correio. Se levar jeito...

Quem levava jeito era Bilac, o Poeta.

Ele tinha estudo. A escola ficou na memória, pela figura doce de dona Eliana, que o ensinou a segurar no lápis e contava histórias. No aniversário de cada um da classe ela contava a história do nome do aluno. No dia do aniversário de Bilac, contou a história de Olavo Bilac, que teve de fugir de casa porque queria ser poeta em vez de médico, como era a vontade do pai.

Bilac nunca esqueceu a história do seu xará. Mesmo depois que saiu da escola e mudou de vida.

Agora trazia fumo, levava pó e passava *crack*, transportando pagamentos menores de cá para lá, e puxando seus primeiros baseados. Pó, não cheirava nunca, que custava caro, valia muito dinheiro. *Crack* tinha experimentado uma vez e se dado mal: a cabeça ficou estourando, explodida:

— Mancada pura, meu! Não sei como tem nego que gosta e ainda paga...!

Ele levava jeito, como o pai. Parou de puxar fumo:

Eu passo e não posso
Quem passa não pega
Nem fumo nem cheiro
Nem pico nem pedra
Nem pote nem pó...

Bilac aprendeu que levar jeito trazia riscos. O tempo passava e cada vez ele pensava mais nisso. "Quantos conhecidos tinha se arrebentado? A fumaça tinha matado Chico-Pé-de-Osso, que trabalhava pros mesmos homem. Foi a fumaça ou foi as bala? Chico-Pé-de-Osso, cabelo espetado, morto no meio do lixo naquela manhã fria. Mortinho, sô. Chico-Pé-de-Osso, se não morresse da pedra, que junto com a pinga tinha esturricado os pulmão dele, morria de tiro. Chico-Pé-de-Osso queria grana e conseguia mais grana dizendo pra polícia quem vendia o que pra quem. Comeu poeira, o babaca. Tinha ficado lá morto. Mortinho, meu... No bolso, os óculo redondo e sem aro, que ele tinha roubado de um trouxa, e usava para impressionar otário. Vó dizia que se ele não morresse esturricado morria de tiro."
E Bilac batucava:

Morria de tiro
Dos tiro dos tira
Ou dos tiro dos homem
Os home era dono
Era dono dos homem

"Os home era dono do fumo, do pó, da pedra e dos tiro, eles era dono de tudo e de todos, de Rosemiro, de Chico-Pé-de-Osso, de Bilac. O pai morreu de tiro. Chico-Pé-de-Osso morreu de tiro."

Por isso Bilac aprendeu a ter medo. Largou o quarto do cortição. "Não vê que ia dar bobeira! Endereço é luxo de bacana ou mancada de otário, meu..."

A lembrança do xará que tinha fugido de casa para escapar de um pai mandão girava como estrela na sua cabeça: no tempo em que queimava erva, a viagem preferida eram os céus estrelados: sabia que o outro Bilac tinha escrito um livro chamado *Via Láctea* e sabia que a Via Láctea era aquele caminho de estrelas que se desenrolava por cima do Jardim da Luz.

Deitava num banco, olhava o céu, sentia no peito e desenrolava na cabeça o que não sabia que eram versos do xará: *Entre as estrelas trêmulas/ subia uma infinita e cintilante escada...*

Pensando no xará que tinha fugido de casa, Bilac começou a guardar um rolo de notas com Carneirão, o negro de tatuagem no braço que tomava conta da banca de jornal perto da rodoviária velha. Será que um dia ele também ia poder fugir das balas que mataram o pai, Rosemiro, e Chico-Pé-de-Osso? Será que um dia, como seu xará da *Via Láctea*, ele ia poder fugir do destino traçado para ele?

Mas como é que podia fugir de casa quem nem casa tinha, e morava na rua?

3

Outro xará de um outro poeta

Chamava-se Homero e detestava seu nome.

Seu pai, o comendador Pastrini, era engenheiro, rico e admirava muito a cultura grega. Contou ao filho a história de seu nome, entremeando a explicação com histórias de um guerreiro valente e de um navegante curioso. O comendador tinha morrido num desastre de carro quando Homero ainda era menino. Com a morte do pai, o nome Homero perdeu o pouco de graça que tinha. Ficava sem o encanto das histórias que o comendador lia para o filho nos grossos volumes marrons com letras douradas. A preferida era a *Odisseia*, deixada sempre ao lado da grande poltrona de couro verde do escritório silencioso e fresco.

Depois de crescido, Homero reencontrava a voz do pai na história que contava que *durante muito tempo, os mais fortes e corajosos guerreiros da Grécia tinham lutado contra os soldados de Troia. Mas não conseguiam derrotá-los. Depois de dez anos de guerra, no entanto, Troia caiu, invadida e incendiada pelos gregos. Só então os guerreiros da Grécia voltaram para sua pátria, numa longa e perigosa viagem pelo mar. Todos os chefes do exército grego chegaram sãos e salvos à sua terra, menos um: Ulisses.*

Morto o pai, um irmão da mãe assumiu a direção da família. Era o tio Peter. Homero odiava o modo como ele fazia ironia com seu nome: chamava o sobrinho às vezes de Poeta, outras, de Homero-com-agá. O tom era sempre de deboche. Tio Peter não escondia que seu preferido era Ciro, o caçula.

— Meninos, e ainda mais sem pai, Hortência... Precisa ter mão forte! Não pode facilitar...

Ao contrário de Ciro, Homero não se entusiasmava com os negócios da empresa.

— Viu a flutuação da Bolsa nos últimos dias, Homero? Teria sido melhor converter a aplicação da Bolsa em CDBs, não acha?

— Ah, tio...

Ciro cortava sem pena:

— Claro, tio! Mas acho que a Pastrini, agora, devia jogar pesado nas ações que a Venturelli vai lançar na quarta-feira.

Pelo testamento do comendador, os dois filhos precisavam dividir a administração da firma, e por isso o tio voltava à carga:

— Homero, você vem comigo à reunião com a diretoria do Silva Forjaz? O banco, lembra? Te falei que estamos pensando numa fusão...

— Reunião? Quando, tio?

— Hoje.

— Hoje não dá, tio...

— Como não dá?

— É que combinei ensaio com o pessoal.

— Mas, Homero, ontem também você já não foi à entrevista com os candidatos à gerência de RH!

— RH, tio?

— Recursos Humanos, Homero-com-agá...

— Entrevista comigo, tio? Por que comigo?

— Porque...

Homero já não estava na sala. Chegando ao quarto jogou-se na cama. O controle remoto iniciou o som. "Que saco o tio! Que saco diretoria, ações, fusão! Sem essa de recursos humanos! Quando meu som decolar, aí sim! A nota no jornal comentando a festa foi demais! Um clipe na TV era joia, aí detonava! Pintava *shows*, festas, essas coisas. Tem a grana que o velho deixou. Mas essa não conta, que não tá na mão. Na mão, na mão tá só a grana que a vó dá de presente. Quem sabe levanto mais algum e me mando como o Ulisses do meu xará da *Odisseia* tinha se mandado um dia?"

4

A praça em pé de guerra

A entrega era na Praça da Sé.

"Mancada pura, meu." Bilac não gostava nada do endereço. Mas tinha que ir. Carneirão tinha dado o recado. "Como é que era mesmo? Seu Amâncio, no banco escrito Farmácia de Todos, logo na saída do metrô. Eu chego, ele tá lendo. Lendo o que, porra? Acho que o *Diário Popular*. Aí ele pergunta se eu sei por que o jornal não noticia bichos desaparecidos, eu pergunto... o quê, mesmo? Ah, pergunto se era de um fila brasileiro. Ele diz que não, que era um pastor alemão chamado Anauê. Anauê, palavra esquisita! Ao contrário fica euaná..."

Anauê, Ana o quê
No rolê vai rolá
Euaná anauê

Bilac descartou o verso: "Não pega ritmo, meu!".

Mas *anauê* era a senha para passar o envelope e pegar o dinheiro. Dentro do envelope tinha o novo esquema de distribuição do pó.

No metrô, Bilac encontrou a putinha loira que fazia a vida na Estação da Luz e que escrevia seu nome com dois ípsilons: Vyviany. Diziam que ela tinha levado umas taponas do seu homem quando tinha começado a se engraçar com o Messias. Não era bom encontrar com ela, e Bilac virou de costas para desanimar qualquer conversa. Em dois minutos, uma voz metálica dava o aviso: *Estação Sé. Desembarque pelo lado esquerdo do trem.*

No banco da Farmácia de Todos um homem lia jornal.

— Sabe por que este raio de jornal não dá notícia de bicho desaparecido?

Bilac estava distraído. O homem teve de falar de novo:

— Ô, menino, fica esperto... Tu não sabe por que esta porra de jornal não dá notícia de bicho desaparecido?

— Ah! O tio perdeu um fila brasileiro?

— Não, menino, era fila não, era um pastor. Pastor alemão, de nome Anauê.

O envelope pardo que Bilac carregava passou para as mãos do homem. Bilac recebeu dele o envelope branco que vinha no bolso de dentro do paletó xadrez, um pouco apertado e com manchas de gordura na lapela.

Bilac levantou-se e saiu andando.

No outro canto da praça, perto da catedral, começou uma grande confusão. Bilac foi chegando perto.

— Seu filho da puta, tu sabia que o negão era meu contato e não tinha nada de sujar com ele!

— Vai sujar a mãe, seu babaca!

— Te manca aí, Alemão de merda, que se tu relar no Boquinha te arrebento os corno!

— Arrebenta se tu é homem, arrebenta... Tu protege menino só porque tu não dá conta de mulher de verdade...

Perto da escadaria já começava a troca de socos e de pontapés. As pombas voaram assustadas. A briga foi se alastrando e Bilac viu Boquinha sair da confusão espremendo-se debaixo de um banco. Dali, olhava a briga que se espalhava, e com a mão direita alisava o relógio dourado que tinha roubado do negrão na praça cinzenta e cheia.

— Vou te ferrar, cara!

— Ferra! Ferra que eu te furo...!

Mais gente entrava na briga: os amigos de Bauru, maiores e mais taludos. Os amigos de Boquinha, menores, porém mais numerosos, ratos da praça, que conheciam cada árvore, cada banco, cada loja.

— Chuta a cabeça dele...

— Toma, pô, toma pra aprender! Bunda-mole!

— Ai! Aprende tu, filho da mãe!

— Óóói, não põe a mãe no meio, seu corno...

— Aaaai...

— Ui! Porra! Já não disse que te furo...?!

Uma navalha manchou de vermelho a camiseta velha, onde uma igreja anunciava que *Deus é amor*. Alguém deu um tiro. A molecada debandou. No chão, Papelote e uma mulher que tinha acabado de descer do ônibus. Aos pés de Bilac, um revólver prateado. "Que fria, meu, vai que pensam que tô no rolo! Porra..."

A sirene da polícia dissolveu de vez o ajuntamento. Um repórter que passava fotografou as cenas. Numa delas, Bilac chutava a arma. Começava a juntar gente.

— Essa pivetada, só matando tudo! Em vez disso, eles é que mata! Tá vendo o sangue da dona que desceu do ônibus? Cambada de bandido...

— Vêm armar confusão na porta da loja... É mole?

— Só matando...

— Prender não adianta nada, que na semana seguinte já tá tudo na rua de novo.

— Olha! O menino tá ferido. Será que tá morto?

— Morto nada. Diabo ruim não morre.

— Se não tá morto devia de tá!

— Alguém chama a emergência!

— Os bombeiro é logo ali!

— Ou então liga um nove zero!

Um lojista gordo chutou as costelas de Papelote, desmaiado no chão.

— Morre, desgraçado, morre...

Seguraram o homem. Papelote voltou a si e, mancando, desapareceu atrás da Catedral da Sé. Nas torres altas da igreja os sinos tocavam. Era meio-dia.

Afastando-se dali, Bilac pegou um jornal que alguém tinha deixado dobrado em cima do banco. Era velho de dois dias. Enquanto caminhava para o metrô, leu uma história sobre a Amazônia, terra cheia de ouro, com um rio onde nadavam peixes chamados de botos e em cujas margens tinham vivido mulheres chamadas amazonas, guerreiras de um peito só.

Bilac tinha certeza que preferia mulher de dois peitos. Mas as minas de ouro eram uma tentação: "Será que o dinheiro guardado com Carneirão dava pra chegar na Amazônia? Dava pra deixar pra trás o pó, a praça, os homem do pó, os homem da polícia? Deixava pra trás também as bala de fogo que matou o pai? Será que dá?".

Começava a chover.

Bilac apressou-se.

Logo depois das catracas do metrô, um cartaz com grandes letras vermelhas recortadas num fundo verde de floresta dizia: *A Amazônia espera por você*. Em letras menores, no canto inferior esquerdo, a lista das ocupações disponíveis e a informação de que o emprego incluía alojamento e comida. O número de uma caixa postal prometia maiores informações. "Puta coincidência", pensou Bilac. Mas ele não tinha nenhuma familiaridade com terraplanagem, nem com criação de gado, nem com madeireiras. Aliás, não sabia nem o que queriam dizer muitas daquelas palavras.

No metrô, sentado no banco da frente, um negro de trancinha no cabelo ouvia um *walkman* tão alto, que Bilac conseguia batucar junto com os Titãs, *é cedo ou tarde demais pra dizer adeus, pra dizer jamais...*

5

Um rádio na Marginal parada

Naquela quarta-feira chuvosa, Homero, dentro do Mercedes que o motorista dirigia, cruzava a Ponte da Casa Verde. O som não funcionava: a gaveta do CD emperrava na metade da abertura. Carros e caminhões se imobilizavam na Marginal. No céu cinzento e pesado um helicóptero sobrevoava. O rádio interrompia o noticiário esportivo:

— *JR, de nosso helicóptero exclusivo, traz mais notícias da situação da Marginal...* — *Fala, JR...*

— *JR...?*

— *Produção, JR ainda não está no ar? Mais uns minutos, ouvintes! A produção informa que, devido ao mau tempo, o helicóptero não está conseguindo sintonizar o estúdio. Como já noticiamos, nas últimas horas da madrugada de hoje, um caminhão-tanque deixou vazar óleo na pista expressa no sentido Lapa–Penha. Um outro caminhão que vinha atrás dele derrapou, perdeu a direção e jogou no rio uma perua que transportava operários do Metrô. Sobrevoando a Marginal parada, JR tem mais notícias...*

— *JR na linha...*

— *Fala, JR!*

— *Obrigado, Alex. Aqui fala JR no 980 de seu rádio, sobrevoando a Marginal do Tietê, onde o vazamento de óleo de um caminhão-tanque causou um desastre de proporções gigantescas. No local, já estamos vendo polícia, ambulância e bombeiros... Alex, parece que há duas vítimas no rio... Vejo duas pessoas, uma segurando a outra, uma parece que está ferida. Os bombeiros já vestiram roupa especial para tentar o resgate. O piloto de nosso helicóptero está tentando chegar o mais próximo possível...*

O locutor Alex pegava a deixa:

— *Impressionante, ouvintes, impressionante a coragem de nosso piloto e de nosso repórter aéreo JR...*

— *... que pena, Alex, a polícia está fazendo sinal para que o helicóptero se afaste. Que pena, ouvintes...*

— *Obrigado, JR! Acabamos de ouvir nosso repórter aéreo, JR, que sobrevoa a área do desastre na Marginal do Tietê. Voltamos agora ao estúdio, de onde Gera comenta a proposta que o Betis da Espanha está fazendo ao São Paulo Futebol Clube pelo passe do atacante... De quem, mesmo, Gera...?*

Homero mudou de estação, mas todas as rádios cobriam o desastre.

O 780 intercalava a cobertura do desastre com outras notícias. Falava agora da sindicância sobre o escândalo dos telefones, da parcela da dívida externa que o país teria de pagar e para cujo pagamento não havia reservas... Outra notícia, mais longa, registrava uma briga generalizada na Praça da Sé, onde um menor conhecido como Papelote tinha sido ferido a navalha. E havia mais vítimas. Uma bala perdida tinha atingido uma mulher que descia do ônibus. Da praça, a perua de som falava ao vivo:

— Já identificaram a vítima: Maria da Perfeição Simões, dona de casa de 58 anos, foi baleada. Um repórter que passava pelo local registrou a cena de um rapaz de moletom verde chutando um revólver prateado, presumivelmente a arma que feriu dona Maria da Perfeição. Polícia e imprensa estão no local, e agora quem vai dar uma entrevista exclusiva é o coordenador da Secretaria de Assistência ao Menor, Nélson Sampaio, que já está na linha.

— Boa tarde, dr. Sampaio...

Imobilizado no colossal congestionamento transmitido pelo rádio, Homero estava condenado ao noticiário ou ao silêncio. Melo, o motorista, não discutia nada, além de futebol. Como acontecia sempre que chovia, o celular estava fora do ar. "Eta celular de bosta, noticiário de bosta, tudo ruim demais. Que merda! Vai ver sou eu..." Homero apertou o botão *off* do rádio e começou a folhear o jornal que estava no bolso da porta. Era de dois dias atrás.

Era o jornal para o qual escrevia Paulo Pastrini, tio paterno de Homero, que tinha trocado o escritório da Paulista por viagens que depois transformava em matéria para jornal e livros de fotografia. Desta vez era a Amazônia.

... degradou-se o antigo Eldorado, que hoje, em vez de sonhos e utopias, abriga milhares de garimpeiros miseráveis, para quem a esperança de uma vida melhor se dissolveu em lama, em febre, em tiro, em morte. Seminus e animalizados pela quase escravidão da precária vida que vivem, matam e morrem por qualquer coisa. Entre as razões que os fazem viver matando e morrendo, inclui-se agora guerra entre gangues das drogas.

Com fiscalização quase impossível em território tão extenso e de acesso difícil, a Amazônia transformou-se na Meca de diferentes gangues. O policiamento defi-ciente (ou conivente?) nas fronteiras favorece a passa-gem de enormes fardos de folhas. Grandes extensões de-socupadas facilitam o refino, e aeroportos clandestinos constituem o primeiro e ágil elo de uma larga cadeia de distribuição que une a Amazônia a metrópoles do mun-do inteiro.

O artigo realçava a contradição entre a Amazô-nia de hoje e as *antigas histórias de rios de ouro e de prata, que nasciam na lendária cidade de Potosi, escor-riam dos Andes até a floresta protegidos da cobiça de forasteiros pelas ferozes Amazonas, mulheres guerreiras de um seio só.* O congestionamento começava a des-fazer-se.

Homero deteve-se no final do artigo, que fala-va das possibilidades econômicas e turísticas da re-gião. Temperava estatísticas com curiosidades, como o ritmo exótico dos instrumentos de música que os índios legaram à cultura amazônica. Destacava um tipo especial de viola, com a caixa revestida de pele de jacaré, com acordes surdos que ficaram ressoando na imaginação de Homero: "E se a Amazônia fosse um jeito de escapar da empresa e do tio Peter...?".

•

Homero chegou em casa. Primeira coisa era li-gar para Fabiana. O namoro não ia bem. "Tudo er-rado, meu, vai acabar melando." A conversa com Fabiana só confirmou o que Homero já pressentia:

— Tô fora, Fabiana...

— Eu é que tô fora, Mero. Ou você pensa que vai continuar me esnobando assim?

— Não é esnobar, porr...

Homero lembrou que Fabiana não gostava de palavrão.

— ... ooxa, não é esnobar. É que não dá mais, mesmo. Acho até que nunca deu. A gente se curte quando fica junto, mas a gente é muito diferente.

— Mas podia ser igual, Mero, você é que não quer, não dá uma chance... Essa viagem vai ser su-perlegal, a gente bem que podia ir.

— Fabiana, você não entende mesmo! Não é que eu *não posso*. Eu *não quero* ir. Não posso sair bem agora que pintou um convite pra banda, vê se entende!

— Viu, Mero, você só pensa nessa banda, e ela não tá com nada. Você não tá com nada, Mero. Queria ver se não fosse o Magro tocar nela. Se não tivesse ele tocando, você acha que o jornal ia noti-ciar, ia?

— Corta essa, Fabiana...

— Corto, Mero, corto. Corto tudo e tô fora.

Homero foi tomar banho. Ficou no quarto ou-vindo música.

•

No dia seguinte, no ensaio da banda, Homero encontrou os amigos do Sereias de Ulisses.

— Onde tu andava, Mero?

— Por aí, meu...

— A gente não te achou!

— Que que foi?

"Só faltava agora o Serginho vir encher o saco", pensou Homero.

— Foi, foi que já era. Não é mais, é isso...

— ... é, cara. Já era, melou a banda!

— É isso aí!

— Melou? Melou como? Não era justo hoje que o Magro ia...

— *Ia*, Mero, é isso aí: ele *ia*...

— Porra, fala logo! Vocês tão de bronca comigo? Que que foi, meu?

— Porra, cara, ferra tudo e você ainda vem de bronca pra cima da gente! Sem essa, Mero...

— Fala logo, meu! Que que melou?

— Pois é, cara, você e a Fabiana detonaram, ela desencanou. Foi chorar no ombro do Magro...

— E daí, cara, não tô nem aí...

— Só que o Magro, cara, tá com ela, meu...

— Espera, cara, tem mais. Ele veio aqui com ela, levou o som dele.

— Ele se mandou?

— Pois é, Mero, o Magro se mandou. Disse que ia tocar com os The Killers...

Homero sentou no banco da bateria e afundou a cabeça nas mãos. Depois se levantou e endireitou os ombros:

— Também não é assim, meu. Lembra o Caíto? Ele tava louco pra tocar com a gente...

— Mas ele não tá aqui agora, cara, acho que viajou...

— Viajou?

— Acho...

— Então melou mesmo, meu. A festa que a gente ia tocar era hoje.

Serginho caminhou até o som e pôs um CD de composições antigas de Roberto Carlos. Todos olharam para Homero quando a música disse *...estou amando loucamente a namoradinha de um amigo meu...*

Homero saiu batendo a porta.

6

Uma carreta no meio da chuva

Chovia em São Paulo há quase duas semanas. Ninguém aguentava mais. A água infiltrada nos túneis do metrô paralisava há dias a linha Leste–Oeste. Os rios se vingavam da cidade que os tinha matado e invadiam as ruas. Transbordados, Tietê e Pinheiros transformaram as pistas das marginais em armadilhas.

No centro, a falta de luz facilitava saques. Defendendo sua loja de relógios antigos, um velho coronel reformado morreu. Quebraram sua cabeça com a barra de ferro com que ele reforçara a porta quando o arrastão começou.

Polícia e exército saíram para as ruas. Esfriou o negócio da erva, do pó e do *crack*.

Bilac recebeu recado:

— Viu, Poeta, os homem diz que é pra dá um tempo, que os homem tá de olho nos homem, que é pra ninguém marcar bobeira.

— É, Carneirão? E o rango, mano? Barriga não tem essa de dar um tempo...

— Te vira, Poeta, te vira. Os homem disse, e eles falou, tá falado, não sabia? Te vira.

Na Estação da Luz, Bilac foi ajudar um mulato que vendia guarda-chuvas de Taiwan e capas plásticas de Miami, tudo sem etiqueta.

— Olhaí, bota-fora de capa, bota-fora de capa... Bilac inventava pregões:

Sanduíche é de salame,
Capa boa é de Maiami,
Cara boa é a da madame

— Olha que não tem vento que vire este guarda-chuva...

O vento não vira
Não vira do avesso
Atravessa a travessa
Do fim pro começo

— Dobrado, cabe direitinho na bolsa! Olha que a bolsa tá ficando toda molhada e pode até derreter de tanta água...

A mulher segurou a pasta com mais força enquanto pegava o dinheiro:

— Me dá o verde.

O mulato disse que a Taiwan dos guarda-chuvas e a Miami das capas acabaram com a Zona Franca de Manaus. Bilac lembrou-se das amazonas de um peito só... "Como é que elas ficariam peladas, dentro daquelas capas transparentes?"

— Ô Severino! É capa danada de boa pra mulher pelada...!

— Capa pra que, Poeta? Mulher pelada não carece de capa nenhuma...

•

Exército e Defesa Civil tinham assumido a cidade. Quando a TV acabou de dar a notícia, Bilac, junto com todos os outros que estavam no Bar do Mercado, ouviu uma voz falando alto:

— É... Hora em que exército sai pra rua, e ainda mais debaixo desta chuva filha da mãe, é hora deste filho do meu pai voltar pra casa...

Quem tinha falado era um negro alto e forte. Ele anunciou que estava contratando ajudante para descarregar no Ceagesp, onde precisava entregar as mudas de seringueira que trazia do Norte.

— Essa chuva filha da mãe tá desmanchando os torrão de terra em que elas tá plantada...

Bilac se ofereceu, mas o caminhoneiro não pareceu muito entusiasmado:

— Tu acha que com essa cara de rato vou te deixar andar comigo? Na primeira esquina qualquer patrulha me pega dizendo que tô facilitando a fuga de mau elemento...

— Quem é que é mau elemento, tio?

— Tá na cara que tu é mau elemento, mulato! O filho do meu pai não é trouxa, pivete!

— Olha aí, gente boa! O tio dá dois de mim, tá montado nessa bruta carreta, mas tá com medo!

Quincas agarrou Bilac pelo braço:

— Medo nada, seu rato! Tu vê que, se o filho do meu pai quiser, eu te quebro os dente e dou nó na tua língua...

Bilac entendeu, mas não desistiu:

— Claro, tio, por isso que a gente pode fazer negócio: eu manjo as rua, te ajudo a descarregar, e o tio só me dá uns trocado...

O caixa do Bar do Mercado garantiu ao caminhoneiro que Bilac era gente fina.

— Deixa vê, moleque, se tu não tem estilete na meia...

— Nem meia eu tenho, tio.

E Bilac arregaçou a calça.

O Ceagesp cheirava mal. Estava alagado. As seringueiras foram descarregadas no boxe de um japonês que estava com o nariz escorrendo e fungava muito:

— Ali, ali, põe seringueira ali...

— Ali onde, porra?

Descarregadas as mudas, Quincas e Bilac foram comer no Bar do Caixote:

— Tá certo, pivete, tá aqui a grana que com esse almoço fecha nossa conta.

— Tu viu que eu não sou mau elemento.

— Mas que tu tem cara, tu tem!

— Nunca te disseram que quem vê cara não vê coração?

— E pivete lá tem coração, pivete?

Bilac tinha visto que a chapa do caminhão era de Manaus, no Amazonas. Teve uma inspiração:

— E caminhoneiro... tem coração? Porque se tem, tu me leva junto...

— Pirou, pivete? Amarrou fogo tomando guaraná? Ou tu tá zureta?

— Pirei nada, tio. Não te ajudei legal?

— Corta essa de tio, pivete! Tem filho de meu irmão não...

— E tu também não me chama mais de pivete, tá?

Ao final do almoço estava combinado que Bilac ia para o Norte com Quincas. Mas passariam antes no Rio de Janeiro, onde o caminhoneiro ia pegar um barco num estaleiro.

Quincas ia ficar dois dias em Osasco, visitando um amigo, ex-caminhoneiro que tinha virado taxista. Precisava também arrumar a bomba injetora do caminhão, que fora muito judiada pela água. Bilac ia pegar seu dinheiro e mandar recado para os homens. Mandou aviso por Carneirão, inventando que um tio na Paraíba, irmão do pai, sem filhos, ia passar para ele a terrinha que tinha. Carneirão veio com a resposta:

— Tu que vá, mas tu que fique de boca fechada, Poeta, que todo caminho tem volta, palavra vem, bala vai...

— Que que é isso, meu mano? Tô lhe estranhando...

— É o que os homem quer que lhe diga, mano Poeta...

— Tá dito então, porra!

— Tá não, Poeta, tem mais: tu tá ainda devendo um serviço, mas eles diz que isso pode ficar pra depois. Mas pra tu pôr na conta. E pra tu não esquecer eles.

Bilac não gostou da advertência: "Dever serviço pegava o maior azar. Será que ia azarar?" Com uma ponta de medo no coração, foi esperar Quincas na murada do viaduto curvo na Marginal do Tietê, onde começa a rodovia Presidente Dutra. Ia com o caminhoneiro para o Norte. Perto da Amazônia, que aquele jornal falava que era uma terra cheia de ouro.

7

Imprevistos num voo regular

Homero decidiu ir embora. "Fabiana e Magro juntos, banda desmanchada, tio Peter sempre na minha cola... É dose, porra!" Precisava de um tempo. Nem se despediu dos amigos. Conversou com a mãe. Dona Hortência ouviu o filho meio distraída e com muito medo do que o irmão ia achar.

Homero queria ir para Manaus.

Tentou falar com tio Paulinho. O jornal onde tinha saído o artigo sobre a Amazônia informou que ele ainda andava pelo norte, ninguém sabia onde. Homero decidiu então deixar o tio para depois e começar a viagem pelo Recife. Chegou cedo ao aeroporto. Conseguiu lugar na janela: adorava ver a cidade ir ficando pequena à medida que o avião subia.

Os últimos passageiros a embarcar formavam um grupo estranho: um homem bem-vestido e de cabelos grisalhos algemado a outro, igualmente bem-vestido. E mais um, também bem-vestido. A cena intrigou os passageiros. Sentaram-se lá na frente, na terceira fila do lado esquerdo. Não tinha ninguém sentado nem no banco de trás nem no da frente deles, e também estavam vazias as poltronas do outro lado do corredor.

O avião decolou. O ar-condicionado estava ligado no máximo e Homero começou a sentir a garganta seca. Ficou mais seca ainda quando soube que o grupo da terceira fila era formado por um traficante preso em São Paulo que ia ser confrontado com testemunhas no Recife. Os outros eram policiais da escolta.

Homero começou a ler o romance que tinha trazido, *O mundo perdido*, de Conan Doyle, um dos velhos livros de capa marrom com letras douradas do escritório do pai. O artigo de tio Paulinho falava desse livro.

Mas a leitura estava difícil: a história do velho colono que sonhava com a Amazônia misturava-se com a imagem de um agente da Interpol caçando um traficante numa São Paulo congestionada: "Será que carro de traficante também fica preso em congestionamento?".

De seu assento, Homero via um sapato preto, um pedaço de calça cinza e, por cima do espaldar da poltrona, cabelos grisalhos cortados à escovinha. "Como será estar algemado? Se o traficante tá algemado, o policial também não tá? E se um deles precisar ir no banheiro?" A tripulação evitava aquele pedaço do avião, mas ele não saía da cabeça de ninguém.

No assento vizinho de Homero, uma mulher conversava em voz baixa com a filha:

— Já pensou se tem uma mala com explosivos, aquela história de queimar arquivos, como se lê no jornal?

— Ah, mãe, faz favor, vai, não inventa...!

A filha falava dos orçamentos da droga, maiores do que o de muitas nações.

A mulher mais velha puxou conversa com Homero:

— E você, também acha?

— Hã, eu? Bem, eu acho...

— Ih, mãe, não vê que tá encabulando ele?

— Não, não está encabulando nada, é o meu jeito, desculpe. É que sou assim mesmo, atrapalhado, mas eu acho mesmo...

— Como é seu nome?

— Homero. Homero Pastrini. Eu tava mesmo pensando, sabe como é, aqui do lado, vocês falando, aqueles caras lá na frente.

— Fala baixo, meu filho! E se tiver mais algum deles aqui atrás?

— Deles quem, mãe? Da polícia ou do tráfico?

— Minha filha, fala baixo, pelo amor de Deus! O avião inteiro está te ouvindo!

A conversa morreu.

O piloto tinha avisado, meia hora antes, que a cidade que aparecia à esquerda do avião era Aracaju. Ninguém se importou com a informação. "E se uma bomba camuflada colocada no compartimento de bagagem transformasse aquele voo em assunto para o noticiário nacional? E se o traficante agredisse o policial?" Nos filmes de TV há sempre outros traficantes e outros policiais entre os passageiros. "E se houvesse mesmo outros? E se eles sequestrassem o avião para libertar o companheiro?"

À medida que o voo prosseguia, aumentava a tensão entre os passageiros.

O avião começou a descer e um menininho começou a chorar. O choro fino e continuado era o que faltava para tornar o clima do avião cada vez mais

pesado. O menino chorava com uma persistência monótona que ia dando nos nervos. A moça ao lado de Homero disse num tom de voz que todos os vizinhos ouviram perfeitamente:

— Se tem mesmo gente armada no avião, a vítima mais merecida é esse menino chorão...

Logo depois, o piloto anunciava à tripulação e aos passageiros que se preparassem para o pouso no Aeroporto Internacional de Guararapes, no Recife. A mulher ao lado de Homero pensou que felizmente a viagem estava chegando a seu destino e que o pesadelo tinha acabado.

Pousado o avião, antes mesmo de os motores serem desligados, os homens algemados foram andando para a porta da frente. Entre eles e os passageiros, três homens faziam uma barreira, um olhando para a frente do avião e os outros dois, para a traseira.

Os motores foram desligados.

A criança continuava a chorar e, com os reatores do avião silenciados, o choro ficava insuportavelmente alto. A porta se abriu, os algemados e os outros três foram descendo, esses na mesma formação, que permitia olhar ao mesmo tempo para a frente e para trás.

O choro da criança era agora um zumbido contínuo. O que permitiu ouvir com nitidez absoluta os tiros que, partindo do terraço do aeroporto, mataram o traficante. Ao cair ele arrastou, escada abaixo, seu parceiro de algemas.

Foi inútil a agilidade com que os outros policiais saltaram da escada e transpuseram o espaço entre a pista e o prédio do aeroporto, de onde parecia ter partido a fuzilaria. Policiais saíam como formigas das viaturas estacionadas na entrada do aeroporto. A confusão era medonha. Quinze minutos depois, um sargento encontrou um fuzil num latão de recolher lixo.

Dentro do avião, o pânico não era menor. "E se as balas errassem o alvo, furassem a fuselagem e atingissem algum passageiro?" A vizinha de poltrona de Homero desmaiou. Dois bancos à frente uma mulher teve uma crise histérica. Um homem, que se dizia cardíaco, passou mal, e queria baixar o oxigênio de emergência. Até as comissárias estavam abaladas: as mãos que levaram um copo d'água para a mulher do 7D tomar um calmante tremiam tanto que derrubaram o copo.

Finalmente foi dado o aviso para o desembarque. Desceram todos pela porta traseira do avião. Um minucioso exame dos documentos dos passageiros alterava a rotina. Um oficial da Aeronáutica conferia cada nome numa imensa listagem de computador.

Com certeza, o caso teria espaço nobre no noticiário nacional.

Já no hotel, na Praia de Boa Viagem, com o mar coalhado de recifes negros entrando pela janela, Homero imaginou a bela matéria que a história do avião renderia nas mãos do tio Paulinho.

8
A invasão do baile

O estaleiro carioca, onde Quincas e Bilac tinham de pegar o barco, era uma espécie de oficina misturada com cais do porto: barulho de serras, cheiro de tinta, zumbido de prensas dobrando metal e modelando fibra de vidro.

Do lado de fora, boiavam no mar esqueletos de navio, partes de barco com o madeirame à mostra, cascos enferrujados, estruturas de madeira que um dia ganhariam revestimento. Uma película de óleo sujava de marrom a espuma das raras ondas.

A chuva e uma greve dos estaleiros tinham atrasado muito a encomenda e o Calypso II só estaria pronto em mais uma semana. Bilac e Quincas foram ficando por ali, dormindo na cabine, comendo no Bar do Caroço. Passavam os dias com os operários, cujas conversas se cruzavam em meio à barulheira:

— Viu que vão obrigar a companhia a dar vale-refeição para a turma das docas?

— É, é que o sindicato deles é arretado.

— É. O deles não é que nem o nosso, que só tem frouxo, que só quer moleza...

— Moleza nada, meu! Tu quer o quê? Quantos que tem na nossa categoria? Quantos? E na deles?

— Ih, meu, assim vai melar o papo!

— Deixa de ser mole, pô! Que que tu tem contra sindicato?

— Não disse que melava? Já tá melando...

— Que que nosso sindicato pode fazer se a categoria é broxa? Tem pouco elemento, e tudo frouxo que nem...

— Que nem que nada, mano, olha!

— Quem viu a história do assalto no Aterro no Dia?

— Barra-pesada, hein, meu?

— Pesada é refresco, cara...

— Outro dia apagaram neguinho bem ali, na luz do poste...

De noite, às vezes aparecia um violão, um toca-fita. Numa dessas ocasiões, Bilac batucou os versos que estava fazendo:

No mar
no bar e no barco
No ar
na corda do arco
Me olho
me molho me embarco

Todo mundo gostou.

— Se tu era carioca, meu irmão, tu já tava na quadra da escola, na ala dos compositores!

Bilac fez camaradagem com Visconde, um torneiro magrela de cabelo ralo e vermelho. O ruivo já tinha levado Bilac uma noite no barraco do Morro do Sapo, onde morava. O Poeta não precisou que ninguém lhe dissesse nada para ver que era uma boca das bravas. A mãe do Visconde, passando café para eles, comentou:

— Tiro, paulista? Tiro tem todo santo dia! Tem tanto que ninguém mais nem ouve eles. E olha que eles estoura forte...

•

No sábado, quase véspera de Bilac e Quincas irem embora, a perspectiva de domingo animava todas as conversas:

— Vai ter bate-bola no Grêmio domingo de tarde. No campo, bem ali atrás do viaduto. Quem tá a fim?

— Vamos nessa. Tem camiseta?

— Que camiseta, meu! É os com-camisa e os sem-camisa! Tu nunca bateu bola na várzea, não?

— Bate-bola não é comigo!

— Também tô fora. Sou é do bate-praia. Vou mais é ver mulher na Zona Sul... Areia tá cheia, morou?

•

Visconde tinha convidado Bilac para um baile.

A namorada do Visconde morava em Niterói, do outro lado da ponte. A festa ia ser na quadra da Unidos de Gragoatá. A escola tentava manter o prestígio de ter sido a terceira no desfile das Escolas do Primeiro Grupo.

Luzinalva, irmã de Lucineide — namorada do Visconde e costureira da Unidos — levou Bilac ao barracão ao lado da quadra para lhe mostrar as fantasias, o estandarte e um dos destaques que tinham aparecido na TV: uma réplica em isopor de um barco do tempo da escravidão. Luís Gama, um menino mulato, vendido pelo próprio pai, que era um homem branco, tinha sido o tema do samba-enredo da escola naquele ano:

— Tu saca a história da Abolição, Poeta?

Bilac não sacava, mas não disse.

•

Estavam já na terceira ou quarta cerveja quando Valmir — um dos seguranças da festa e primo de Luzinalva — chegou avisando:

— Tá pintando um povo estranho, gente que ninguém conhece. Olho no olho, moçada!

O Visconde ia perguntar alguma coisa, mas não deu tempo.

Um dos desconhecidos, mulato atarracado com brinco numa orelha, pulseira de pontas e anel de metal, provocava Firmo. Tentava segurar o braço da namorada dele e tomava satisfação com a moça, porque não tinha querido dançar com ele:

— Que é que ele tem que eu não tenho, gata?

— Larga ela, pô! Tu não vê que ela não tá a fim da tua pessoa...?

— E tá a fim de tu, mulato de merda?

— Isso não é da tua conta, seu puto, que ninguém te chamou na festa...

Firmo estava cercado pelos amigos do mulato. Quando viu, já estava no chão, sendo chutado nas costas e no pescoço por um loiro de cabelo comprido e uma tatuagem verde no antebraço esquerdo.

Firmo perdeu os sentidos.

Antes de desmaiar, o sangue que escorria de seu olho direito não o deixou ver a bofetada violenta que derrubou a namorada: ela chutara o saco do mulato que tinha passado a mão nela. O chute certeiro e forte de Maria do Céu fez o mulatão curvar-se gemendo, com as mãos entre as pernas:

— Sou lá mulher de desfrute, seu merda...!

A confusão aconteceu longe do estrado que servia de palco. Os músicos não tinham visto nada, e o som continuava. Só se deram conta do que se passava quando um dos desconhecidos, reconhecendo Jerônimo na bateria, apontou o trinta e oito e disparou contra ele.

A bala derrubou o baterista e furou o pandeiro de um músico.

Jerônimo caiu em cima dos pratos com o sangue pingando na baqueta derrubada. O eco das últimas vibrações dos pratos foram se dissolvendo aos poucos. O silêncio ficou completo, pesado.

Como se fosse um sinal, um dos desconhecidos gritou "Anauê" e um grupo de mais ou menos quinze homens saiu correndo, enquanto por detrás do barracão das fantasias se ouvia a sirene da polícia.

Jerônimo estava morto.

Numa mesa, perto do som, uma mulher chorava:

— Minha Nossa Senhora! O Jerô não ouvia ninguém, agora taí, morto... Os homem avisou que ia apagar quem não topasse! Ai, Jerô! Tu precisava ir na polícia dizer que tavam usando teu afilhado Marquinho pra fazer entrega, precisava? Agora taí, os homem te apagou! Minha Nossa Senhora!

A festa tinha acabado.

Bilac e Visconde voltaram para o estaleiro. Nenhum dos dois tinha vontade de dizer nada. Bilac pensava no caminho de sangue que a droga fazia, e como esse caminho cruzava o seu muitas vezes e muito de perto.

— O mundo do pó tem só dois lados, os dois de dentro. Nenhum de fora, sabia?

O Visconde sabia.

No ponto de ônibus, o aviso *Anauê chegou* pichado com spray deu um calafrio em Bilac:

— Visconde, tu sabe, acho que saco o cara que gritou "Anauê". Essa era a senha de esquema na distribuição dos homem lá em São Paulo. Será que tem a ver?

— Pode ser que tenha, Poeta, pode ser que tenha. Tu sabe que um dos passador daqui também se chama Poeta?

— É mesmo?

— É. E é mulato como tu.

— Tu sabe, Visconde, que o cara que falou "Anauê" olhou um tempão pra mim? Será que me sacou?

— Sacou nada. Esfria a cabeça, Poeta. Tu não tá te mandando logo logo? Como é mesmo que dizia tua música?

Tu não vem
Que não tem
Pra ninguém
Eu sou cem
Tu tá sem

Estavam chegando ao estaleiro.

Naquela noite, Bilac sonhou que soldados brancos de pó guerreavam com soldados de fumaça, que as mulheres que traíam seu bando tinham o seio esquerdo cortado. Acordou com uma dor de cabeça terrível.

Três dias depois estava pronto o Calypso II. As partes cromadas foram revestidas de papelão, ele foi encaixado em placas de isopor e solidamente aparafusado na carroceria do Mercedes. Pelas onze horas, Bilac e Quincas deixaram o Rio de Janeiro. Percorreram penosamente uma avenida Brasil tão congestionada como a Marginal do Tietê.

Era uma quinta-feira chuvosa.

9

Um encontro decisivo

Com as lembranças do homem morto na escada do avião lavadas pelo mar de Pernambuco, Homero foi para João Pessoa. Por telefone a mãe explicou que não tinha podido ir ao aeroporto e que tio Paulinho estava viajando pelo interior. Ninguém sabia se pelo Norte ou pelo Nordeste.

As tapiocas de coco, os roletes de cana, o gosto picante do queijo de coalho derretido na brasa e recoberto pela doçura sedosa do mel de engenho eram uma festa. Mas para Homero festa era, sobretudo, a música que ia ouvir toda noite no Buraco da Maria Farinha. No ritmo do frevo e das cirandas, uma frase se emendava à outra para contar histórias de amores felizes e desinfelizes, bravuras, fugas e refregas. Um verso sucedia a outro, com a cadência perfeita e doce das ondas que se sucediam no mar.

Homero foi ficando em João Pessoa, aproveitando sua liberdade. Mas a solidão o incomodava: "Ninguém me enche o saco, mas também não tem ninguém pra trocar uma ideia! Ninguém, meu, ninguém, nem banda, nem nada. Os caras daqui são porreta de som, mas ninguém me conhece. Ou eu é que não conheço ninguém?".

Homero caminhava pela Praia de Manaíra. Ia distraído quando, atrás dele, uma conversa em inglês dizendo que precisavam contratar alguém interrompeu seus pensamentos:

— We must find someone...

Uma voz masculina respondeu, também em inglês, que talvez fosse melhor esperar mais um pouco. Ajustando o passo para não perder a conversa, Homero ficou sabendo que os donos das vozes rodavam um documentário, que alguém contratado como intérprete não tinha aparecido, e que o espanhol que um deles falava não dava conta do que eles precisavam.

Sempre em inglês, uma voz feminina insistia que espanhol não resolvia nada, que a língua do Brasil era português.

Seguindo um impulso, e achando que era bom sinal a coincidência incrível de cair a seus pés a chance de se enturmar quando começava a se sentir sozinho, Homero falou com o careca de bermudas:

— Sorry, but...

Homero ficou sabendo que o grandão careca se chamava Bill e fazia parte de uma equipe da TV canadense que, contratada pela Unesco, rodava o documentário *Infância na Terra*. Junto com Bill trabalhavam Martha e John. O projeto era ambicioso: o grupo com que Homero estava conversando levantava dados e registrava a situação dos menores em diferentes regiões do Brasil. Outras equipes recolhiam dados em outras partes do mundo. Propuseram que Homero fosse intérprete. Ele topou e aos poucos foi se envolvendo com o trabalho.

•

Um dia, numa festa, encontrou Caíto, um amigo de São Paulo. Nem se importou quando ele contou que a Fabiana e o Magro estavam de casamento marcado:

— Aqui tá legal demais, Caíto.

E contou ao amigo o que estava vivendo e aprendendo com as crianças e com os companheiros de pesquisa:

— Gozado que pelo jornal, pela TV, a gente até fica sabendo essa coisa de trabalho de menor, de criança abandonada, de criança prostituída, mas só ouve falar. Não vive, não vê...

— É, é isso aí! Ver tudo isso mexe mesmo com a cabeça. Pelo menos com a tua mexeu, hein, Mero?

O resto da tarde foi de música. Homero apresentou Caíto aos gringos. Bill tocou para eles as fitas de jazz e depois foram todos para o Forró do Bebo, ouvir desafio. Caíto ainda ficaria ali por dois dias. No dia seguinte, trabalhou a tarde toda com Homero, que tentava escrever uma toada de boiadeiro que tinha ouvido de um peão de Itamonte, num rodeio. Trabalhavam a partir da fita que Homero havia gravado.

— Quase, Caíto, quase...

— Tem um meio-tom aqui, não tem?

— Bemol ou sustenido?

— Não tô ouvindo legal...

— É, também não tô...

— Roda de novo, vai...

Com paciência e ouvido apurado, conseguiram salvar o som:

— Deu certo, hein, cara! Valeu! E ficou demais, Caíto...

— Tô te estranhando, Mero. Tu não era só rock?

Homero contou que tinha aprendido a gostar de jazz com Bill, que era norte-americano, e trocara uma carreira no exército pelo trabalho com uma câmera em diferentes recantos do mundo. Ele viajava com uma mala cheia de fitas de jazz.

Homero convertera-se. E, a partir daí, sua música começou a incorporar os muitos sons que ouvia à sua volta, assim como aconteceu com a música dos negros da América do Norte:

— O mundo é feito de som, Caíto. Som e ritmo — explicou. — Mas a gente só percebe isso quando também aprende a escutar o silêncio.

— Falou bonito, hein, Mero...

— Não goza não, Caíto... Eu li isso, mas é direitinho o que eu já pensava...

•

Homero começou a aprender viola, e sempre que podia ia ouvir música nordestina. De tanto frequentar o Forró do Bebo acabou recebendo um convite:

— Tem lugar pra mais um nas corda, Paulista. Tu quer mostrar o teu som?

Foi numa dessas noites cheias de música que Vilma aconteceu na vida de Homero. Foi numa festa, onde tocava com a banda da Escola Augusto dos Anjos. O olhar claro de Vilma derreteu Homero por dentro e por fora. Ele abraçava o violão imaginando como seria ter nos braços aquela morena de cabelos crespos e negros. E ficava todo arrepiado só de pensar que o mesmo vento que balançava a saia

comprida da moça de branco também envolvia seu corpo, refrescando sua nuca suada. Vilma estava com mais três amigas. No intervalo entre uma música e outra, ele teve a impressão de que ela também olhava para ele. "Será...?" Com o coração batendo forte, estava decidido a lhe falar, quando o baterista o segurou pelo braço e apontou com a cabeça o grupo das moças de branco:

— Já viu que desperdício, meu irmão? É tudo prometida de santo...

Quando Homero se deu conta, as moças tinham ido embora e a banda ia recomeçar a tocar. O som das cordas tinha uma nota nova, de melancolia.

10

De repente, uma iniciação

O Rio de Janeiro tinha ficado para trás. O mundo de água esverdeada que enchia os olhos de Bilac agora era a Bahia.

Estradas alagadas atrasaram a viagem. Tinha caído uma ponte na Rodovia Atlântica e nem pelo interior passava ninguém. Na carroceria da carreta estacionada à sombra de um tufo de coqueiros, o Calypso II continuava em seus encaixes. Debaixo de outro coqueiro, Quincas e Bilac chupavam manga e bebiam água de coco. Quincas tinha sido criado na cidade baiana de Caravelas e se sentia em casa na paisagem de águas verdes, céu azul e areia branca. Jogou fora o caroço chupado da última manga e limpou as mãos no calção. Ia para o mar. Quincas já tinha mergulhado várias vezes, ao contrário de Bilac, que ficava na areia:

— Ah, Quincas, é tanta água! Tenho medo... Vó vivia contando das pessoa que morria afogada. Se ninguém achava elas, elas dava na praia...

— Besteira, Poeta. Tem morte nenhuma não! Tem é esse mundão de mar e de sol pra lavar e secar a alma. Deixa de frescura e vem, meu! Vem não?

Em vez de resposta, Bilac batucou o compasso:

Onde que a onda anda,
Meu mano
Teu mano
Não anda não
Onde que a onda rola,
Seu mano,
Teu mano
Não rola não

— O verso é bonito, mas o medo é besta, Poeta...
— Ah, Quincas!
Quincas insistiu:
— Mar de paulista é mesmo marginal alagada, Poeta! Tu não quer pegar onda de verdade?
— Pô, larga do meu pé, Quincas! Vai tu pro mar!
Quincas foi, mas antes ligou o rádio. A praia se encheu com a música que atravessava o mar em direção à África. Quincas pegou uma sacola que tinha um vidro de perfume com tampa dourada e uma tiara também dourada, coberta de florzinhas coloridas.
— Sabe, Poeta, nunca venho à praia na Bahia sem trazer um agrado pra Iemanjá. Vem junto, que tu dá também um pouco de agrado pra Rainha das Água. Ela vai te ensinar o mar, e tu larga dessas besteira.
Bilac foi.
Era o primeiro banho de mar de Bilac, se não contasse um distante passeio à Praia Grande em São Paulo, quando era pequeno.
Bilac não sabia nadar e ficou na beiradinha, olhando o amigo que enfiava a cabeça na frente das

ondas e saía do outro lado, distanciando-se cada vez mais da praia: "Eta Quincas! Ele é mesmo da tribo da areia do mar..."

A tiara dourada tinha sumido, mas o vidro de perfume boiava ao lado de Bilac: "Pô, como era mesmo? Quincas tinha dito que se o presente não afundava era que Iemanjá não aceitava ele. E esse bagulho não para de rodar, pô! Fica girando, girando..." Uma onda mais forte pegou Bilac pelas costas e o derrubou num turbilhão de areia, sal e espuma.

Bilac ficou atordoado.

Rodopiava em sua cabeça a imagem do afogado à espera dele. Mas foi um instante só. O medo sumiu com a areia que, depois da onda, voltava a depositar-se no fundo do mar, deixando Bilac ver que estava em água rasa e podia ficar de pé. Podia até ficar de joelhos, que a água não passava de seu peito.

O vidro de perfume tinha desaparecido.

Iemanjá aceitava a oferenda e retribuía, dando o mar de presente para Bilac.

Bilac sorriu: "O Quincas tava certo! O mar é demais!!!..." E completou o verso:

> *Só lá onde a areia dança,*
> *Meu mano,*
> *Teu mano*
> *Dança também*

Longe, onde o mar não tem mais ondas, Quincas era só uma cabeça, subindo e descendo na água, os braços o levando para a pedra grande e escura que se via da praia. Na beirada, Bilac aprendia a deixar-se levar no oscilar das ondas, que abraçavam seu corpo com a franja branca das espumas.

Quincas tinha família em Salvador. Bilac e ele estavam na casa de Deolindo, o irmão caçula que trabalhava num barco de pesca. O outro irmão era dono de uma banca no Mercado e a irmã, camareira de um hotel. Deolindo havia trabalhado com Quincas, mas não se acostumou com a vida de estrada. A irmã tinha tentado morar em São Paulo, trabalhando num hotel chique. Mas nenhum deles conseguia ficar longe da Bahia.

Deitado numa rede da casa de Deolindo, embalado pelas lembranças das ondas do mar, Bilac ouvia Quincas cantar *é doce morrer no mar, nas ondas verdes do mar...* e se arrepiou:

— Vira essa boca pra lá, Quincas...

— É só música, Poeta, faz mal não...

— Tu não sabe que música não é nunca *só* música?

— Morrer no mar ou na terra, que diferença que tem? Tudo é morte, Poeta. Fica mortinho, que nem o pai, no mar...

— Teu velho morreu no mar, Quincas?

Quincas falou do pai pescador que tocava viola nas noites de lua. No casebre à beira-mar, a mãe — que ajudava o pai no saveiro — cozinhava peixe com leite de coco. Contou da briga com os engenheiros que queriam tirar os pescadores do arraial para construir um hotel, e sobre a tempestade. A história terminava no dia em que o pai e a mãe demoraram para voltar e acabaram nunca mais voltando, ficando os irmãos espalhados pelas casas de tios e tias.

— E tu, como é que tu virou caminhoneiro?

— O preto Tobias, Poeta. Aprendi a guiar e a consertar motores com o preto Tobias, vizinho do tio Romildo...

— E ainda assim tu gosta de mar, Quincas...
Eu, hein?!
Quincas contou do trato com Iemanjá, feito
no dia em que ela tinha levado o pai e a mãe dele:
— Qualquer pedaço de mar é minha casa, Poeta. Sou afilhado da rainha do mar.
Bilac ouviu a história envolto na sonolência
de quem toma banho de mar pela primeira vez.
Quando Deolindo chegou, abriu uma pinga especial e, enquanto limpava o peixe que tinha trazido,
anunciou que aquele era dia de obrigação e que, de
noite, ia ver Mãe Pretinha.
— Há quanto tempo tu não vai lá, mano
Quincas?

●

No terreiro de Mãe Pretinha, Bilac afundou na
penumbra atravessada por cheiros das várias ervas
que queimavam numa cabaça. Mãe Pretinha vestia
uma saia de babados brancos, que acentuavam mais
ainda sua fragilidade. Sentada na cadeira de espaldar
alto, apoiava a mão direita no cajado, como o que
os pastores conduzem seus rebanhos. Quando viu os
três chegarem, sorriu e abraçou um de cada vez.
Ao ser envolvido por aquela brancura imaculada, Bilac sentiu que uma paz infinita o envolvia,
como a onda mansa do mar que de manhã ele tinha aprendido a amar. Só que, em vez de derrubá-lo,
dessa vez era como se estivesse sendo levantado da
terra, por uma força grande, muito maior que o mar.
Deolindo viu que Bilac começava a se curvar
para a frente:
— O pivete é iniciado, meu irmão?

Não houve tempo para resposta. Mãe Pretinha, percebendo o começo do transe de Bilac, bateu o cajado no chão, chamando ajuda. Do cômodo ao lado vieram duas filhas de santo, que levaram Bilac para a camarinha.

O cheiro de ervas era ainda mais forte ali. Bilac deixou-se mergulhar na onda de odores, a cabeça rodando e um assobio comprido nos ouvidos. Então ouviu palavras de outra língua saindo de sua boca, a voz de um negro forte que fazia Bilac rodopiar como papel na ventania. Soube depois que era a língua ioruba, e que o negro forte era Oxóssi: Oké Arô...

Com o corpo cada vez mais pesado, ele foi caindo no chão de terra batida. Quando acordou, estava vestido de branco, uma mecha de seu cabelo tinha sido cortada. Na cabeça redemoinhava o final da frase em ioruba que Mãe Pretinha traduzira e que dizia que o caminho dele era o Caminho Novo, que começava na Floresta das Águas Grandes.

Bilac não estava gostando daquela história: sua cabeça doía como quando tinha fumado pedra. Palavras desconhecidas rodavam na sua cabeça, entupindo sua boca.

— É, filho, diz que caminho d'ocê começa na Floresta das Água Grande. É o Caminho Novo. Que Iemanjá e Oxóssi protege tu! E eu te abençoo...

Uma filha de santo deu-lhe para beber um líquido esbranquiçado numa cabaça e alguém segurou em sua testa um pano, onde estavam bordadas as insígnias do santo. Puseram um colar de contas verdes e azuis em seu pescoço. Na camarinha, um tambor batia ritmado. E, nas batidas em louvor a Oxóssi, o ritmo da frase repetia para Bilac a promessa do Caminho Novo, que começava na Floresta das Águas Grandes.

11

Um acampamento na beira da estrada

Bilac estava no Pará. Despediu-se de Quincas na marina do Clube Recreativo onde tinham deixado o Calypso II. Quincas pegara outro carregamento para São Paulo: toras de madeira. Ele deu a Bilac o telefone do posto em Belém, onde podia deixar recado para Agostinho. Agostinho e Quincas tinham trabalhado juntos na mesma frota, até cada um deles comprar seu próprio caminhão. O de Quincas era um Mercedes e o de Agostinho, um Scania. Estava prometido que Quincas batizaria o primeiro filho que Agostinho tivesse.

Quincas pegou a estrada.

— Te cuida, Poeta!

— Valeu, Quincas... "Será que é daqui que eu vou chegar no meu Caminho Novo?"

•

Como Quincas, Agostinho vivia na estrada. Quando Bilac o encontrou, ele ia levar uma máquina de descaroçar mamona de Belém para Goiás. A máquina tinha sido comprada por um fazendeiro dos lados de Goianópolis. Era para já ter sido despachada, mas as águas tinham subido muito. A baixada entre o sul do Pará e o norte de Goiás ficara alagada e só agora dava passagem.

Na volta ia carregar arroz para Manaus, e Agostinho propôs que Bilac fosse junto:

— Vamo, Poeta... tu me ajuda no pesado, fica conhecendo mais um pedaço do mundo, e eu tenho com quem trocar uma ideia! A estrada é comprida, tu já sabe, mas encurta com companheiro. Vam'bora!

Bilac estava indeciso. Tinha gostado da vida de estrada com Quincas, mas também queria ficar um pouco parado, num lugar só. "Será que se chega de caminhão no Caminho Novo?"

Bilac duvidava.

— Ah, Agostinho! Quero mais é chegar logo em Manaus. Já estou rodando faz um tempão...

— Nem tempão nem tempinho, Poeta! Na volta tu chega em Manaus de barco com a carga. Não sabe que o mundo é grande e redondinho pra gente ir rodando com ele?

— Já rodei à pampa, Agostinho...

— Não tô reconhecendo meu compadre Quincas, recomendando ajudante frouxo! Tá com medo de que, Poeta?

— Medo nada, porra! Tô só dizendo... Também ouvi dizer que tão empregando gente no porto de Manaus...

— Emprego no porto, Poeta? Tu é poeta mesmo! O que eu ouvi dizer é que tão é *desempregando* gente e pondo máquina...

— É, mas diz que o sindicato garante o trampo dos que tá trabalhando antes que as máquina chega...

— E tu acreditou? É poeta mesmo...

— Tu não acredita, Agostinho?

— Sobe na boleia, Poeta. Tu não tá carregando a guia de Oxóssi?

— Mas, depois...

— Depois é só depois e agora é o depois de antes. Pressa pra que, Poeta? Não sabe que a gente sempre volta?

Bilac não tinha vontade nenhuma de ir para o Sul: quanto maior a distância entre ele e São Paulo do fumo, do pó e das balas e dos homens, melhor ele se sentia:

— E se de lá tu arranja encomenda pra São Paulo? Quincas disse que São Paulo tá sempre no caminho de todo irmão de estrada, que é lá que tudo se fabrica, tudo se compra. Eu não quero...

— Ah, meu! É isso, né, Poeta? Já te saquei, tu tá com o rabo preso em Sampa! Por que não disse logo? Não vou pra São Paulo porra nenhuma! Já não te disse que tá certa a carga de arroz? E também não é só pra trocar ideia não, que quero que tu venha, Poeta... Um ajuda o outro, que em dois é sempre melhor!

Bilac não disse nada. Agostinho insistiu:

— Tu nunca viajou em caminhão carregado de coisa leve que nem arroz... Teve companheiro que saiu com oitenta saco e chegou só com vinte, de tanto que, de noite, iam tirando devagarinho, sem ele perceber. Tem que ficar de guarda de noite, arrumar cachorro...

— E como tu não tem cachorro...

— Não tenho, mas vou ter, Poeta. No caminho passamos no sítio do Carlão, que empresta um pra gente...

— Pra gente? Pois não estou dizendo que não sei se vou ir...?

— Pra gente, Poeta, pra gente... Tu vem comigo direitinho, dá uma mão pra carregar e pra vigiar os saco e depois eu falo com meu compadre Faria, nas doca de Manaus...

— Ah, então tu tem um compadre no porto. E ele faz os favor que tu promete?

— Ô, Poeta, tu já encheu, tu tá muito cheio de frescura. Tu vem ou tu não vem?

Bilac foi.

No mapa pendurado na parede do posto onde tomaram café, Bilac viu que São Paulo não ficava tão longe de Goiás. Mas foi.

•

Saíram no dia seguinte, de manhãzinha. No posto avisaram que tinha rio derramado pelo caminho.

Evitavam viajar na parte mais quente do dia, mas uma represa alagada obrigou a um desvio muito grande e Agostinho teve de guiar uma tarde e uma noite sem parar. Ele não queria ficar parado no meio de estradas desertas, em região em que não conhecia ninguém.

O Scania de Agostinho já estava quase chegando em Rolinópolis, quando, de repente, depois de uma curva, dos dois lados da estrada apareceram centenas de barracas improvisadas, imundas de terra, entre as quais circulava uma multidão de homens, mulheres e crianças. Muitos tinham um boné nos cabelos desalinhados. As crianças estavam seminuas, com pés que se confundiam com a lama do chão.

Agostinho não quis parar. Foi passando, mas teve de diminuir a marcha. Ligou o rádio, e ficou sabendo que eram mais de mil e quinhentos camponeses sem terra que tinham invadido uma fazenda para cima do rio Corumbá-Mirim e tinham sido expulsos a bala. A mulher de um deles tinha morrido, e agora eles esperavam ali outra caravana de sem-terra que estava vindo do oeste de São Paulo.

Pretendiam retomar a fazenda.

.... mais de mil e quinhentos camponeses, organizados pelo Movimento dos Sem-Terra, bloquearam a estrada. As autoridades estão mandando reforços para o posto policial de Araçá Azul, o distrito mais próximo de Rolinópolis, onde o proprietário da Fazenda Santa Margarida, Coronel Rolim, deu queixa de invasão de sua propriedade. Os homens do Coronel estão armados, e teme-se novo conflito de consequências graves...

Num solavanco mais forte, o som desapareceu do rádio.

As barracas começavam a esparramar-se pela estrada, impedindo a passagem. Agostinho parou junto a outros dois caminhões. Pensava no que aconteceria a seu carregamento de arroz se cruzasse um acampamento como aquele no caminho para Manaus. Desceu da cabina com Bilac. Os outros dois caminhoneiros conversavam com os camponeses:

— Já fiz de um tudo... fui retireiro, cortador de cana, apanhador de laranja. Mas nunca deu pra tirar o pé da lama...

— A bem dizer, moço, nem a lama era dele...

— Quem dera que fosse, compadre...!

— No lado de nós, moço, tem documento assinado não...

— Cadê que tem jeito de fazer rocinha de comida? Tudo é pouco pra cana que mata e engole a terra...

— ... nem galinha o dono da terra deixava nóis ter. Quer dizer, ter eu tinha, só que toda semana tinha de dar os ovo tudo pra ele. O filho de uma égua dizia que eu tratava as galinha era com a ração dos boi dele...

O alto-falante do acampamento começou a tocar um rap que era como o hino dos sem-terra:

Senhores barões da terra
Preparai vossas mortalhas
Porque desfrutais da terra
E a terra é de quem trabalha...

— É... a mulher morreu, sim senhor, quando tava tendo filho, ano passado. Pariu na fazenda e não teve nem chá nem reza que parasse a sangueira. Morreu ela mais o menino — era menino, sim —, tinha nascido com a doença azul, num sabe? Os outro, os outro também morreu, três...

A única mulher do grupo, alta e banguela, pediu um cigarro para Bilac. Ele não tinha. Ela não acreditou:

— Ô, moço! Faz isso comigo não! Faz isso de dias que eu não pito. Seu amigo aí também não tem?

Agostinho tinha e deu o maço com os dois últimos cigarros para a mulher sem dentes. Ela disse que se chamava Arminda e tinha filho pequeno. Seu marido tinha morrido de tiro, em outro acampamento, quando a polícia veio tirar as barracas da beira da estrada:

— Quem que emprega mulher sozinha, me diga? Inda mais com filharada pendurada no cangote... Arminda tragava o cigarro fazendo barulho com os lábios e jogando a fumaça para cima. Deu três ou quatro tragadas, apagou o cigarro cuidadosamente numa árvore e guardou o toco.

Bilac nunca tinha prestado muita atenção na história dos sem-terra. Comentou com Agostinho:

— Mas pra ser dono da terra não tem de ter papel passado?

Malhado, líder dos camponeses, cismou com Bilac. "Será que ele não era dos homem? Olheiro do Coronel Rolim para saber qual que era a tenção deles...?"

— O escurinho aí é mesmo aprendiz seu? Porque se é, não tá aprendendo muito, não.

Era uma provocação. Agostinho não gostou:

— Qual é a tua de tomar satisfação de meu ajudante? Já não dei cigarro pro raio da velha que nem obrigado disse...?

— É que aqui não é qualquer um que vai chegando, achando e perguntando, não, moço!

Malhado bateu a mão na garrucha:

— O berro aqui é que responde pergunta inxerida. Melhor que ninguém ele ensina que terra tem que ter serventia, não pode só ter dono...

Ao fundo, na barraca que servia de administração, outro som cortava o ar, fazendo renascer a velha música que chamava à luta:

Vem vamos embora
Que esperar não é saber
Quem sabe faz a hora
Não espera acontecer...

Vieram avisar Malhado que o advogado do sindicato tinha recebido uma mensagem pelo rádio. Polícia e exército estavam indo para lá. Como explicou o advogado, eles estavam obstruindo vias públicas. Era melhor desocuparem a estrada. Malhado deu um tiro para cima e todos correram. Começou o desmanche de parte do acampamento. Os caminhões conseguiram passar.

Com as rodas fortes do Scania atropelando pedaços das barracas abandonadas, Bilac e Agostinho, carregando a máquina desengonçada, retomaram o caminho de Goianópolis, onde chegaram na madrugadinha do dia seguinte.

— Sabe, Agostinho, aquele cara, o Malhado, tinha razão. Tu ouviu a música dizendo que *quem sabe faz a hora não espera acontecer?*

— Tu aprendeu depressinha, né, Poeta?

12

A papelada do Planalto Central

A lembrança de Vilma demorava a dissipar-se na cabeça de Homero.

Mas precisou esquecer a lembrança quando foram para Campina Grande, onde tiveram um problema grave. Bill filmava meninos que vendiam alpercatas e bolsas de couro na feira e Homero gravava o pregão deles, quando um homem atarracado, com anel no dedo mindinho, dourado na boca e uma arma no coldre debaixo do braço, apareceu:

— Circulando, pessoal, circulando... Pois não sabe que aqui não pode gravar nada, não?

Homero estranhou:

— Não pode? Como não pode? Os meninos deixaram...

— Não tem deixaram nem meio deixaram, moço...

— Mas os meninos...

— São tudo de menor, e sem ordem do Coronel ninguém fala nada do courame da boizada, sabia não? Ora, onde já se viu quem come farinha na gamela alheia dar de si a estranhos...

Bill não dizia nada. Homero insistia:

— Estamos filmando cenas para um documentário, nada a ver com o Coronel, seu guarda. O senhor é guarda?

O policial que a alguns metros dali enrolava um cigarro de palha aproximou-se ao ouvir a discussão:

— Compadre Hermógenes, há quanto tempo! A mode que os moço aqui tão lhe aperreando?

— Compadre Fabiano! Sabe como seu Coronel é cioso de suas cria, não sabe? E esse bandinho de molecada garrou de falar que trabalha sem ganhar, só pela cama e comida, que comida é punhado de farinha...

— Eles falou isso, é? Isso é cuspir no prato que come, compadre Hermógenes...

— Tá direito não, né mesmo, compadre Fabiano?

— Tenho pra mim que é feio! É muito feio, compadre Hermógenes, muito feio. Mas deixe comigo, compadre.

E, virando-se para Homero e Bill:

— Documento de todo mundo, começando pelo carecão ali, que tem a câmera na mão...

Bill já tinha rebobinado o filme e estava tirando a fita da filmadora.

Passaportes, carteira de identidade, recortes de jornais de Recife, João Pessoa, Salvador e Rio de Janeiro elogiando o projeto, nada convenceu o guarda Fabiano. Só a muito custo ele não levou ninguém para a delegacia. Mas apreendeu o filme, a câmera, o gravador e mandou que circulassem:

— Ô, cidadão, vai dizendo aí pros gringo que é pra circular. Que aqui na feira não é lugar de ocioso desfazer do Coronel. Pois já se viu!

— Mas, seu guarda, que desfeita coisa nenhuma!

— Olha o desacato, moço! Circulando, circulando!

De volta a João Pessoa, Homero estava furioso:

— Pô, se é assim com a gente, imagina com a criançadinha! Já pensou, meu? Será que não vão maltratar eles porque eles falaram com a gente...?

Todos estavam indignados.

— É. Bem que aquele mais falante, o... como era mesmo o nome? Creiton, Crilson, falou que não era bom falar...

Homero descobria um Brasil onde as pessoas tinham dono.

Telefonemas se sucederam. Depois de algum tempo, alguém ligou de volta de Brasília. Homero resumiu:

— Vai ser preciso credenciar o projeto para ter autorização formal do ministro ou do secretário, papel, carimbo, um monte de coisa. Diz que assim não pinta mais nenhum lance como esse...

Novos telefonemas para Ottawa, outros para a Unesco em Paris, outros mais para Brasília.

Homero desistiu de explicar seu país para os gringos.

Logo depois chegava um fax:

— Tudo certo. Tem um tal de dr. Raul, parece que ele vai resolver a história. Chegou o fax dele. Já deram o recado. Ele fica no fórum até as quatro horas. Vai ter que ir lá, falar com ele.

•

No dia seguinte, Homero e John tomaram um avião para Brasília. Iam buscar autorização para filmarem e gravarem cenas de rua em todo o território brasileiro e também o mandado para reaverem câmera, gravador, fita e filme retidos em Campina Grande. Dr. Raul, o advogado, já estava dando entrada nos papéis.

Ao entrar no avião, Homero lembrou-se da viagem São Paulo–Recife. Contou a história a John que, de péssimo humor desde Campina Grande, comentou que era um absurdo pôr em risco a vida de passageiros que não tinham nada a ver com o tráfico. E, aproveitando o assunto, emendou que também era um absurdo reterem propriedade de quem não tinha infringido a lei.

Homero concordava e tentava, sem sucesso, explicar o Brasil para seu companheiro de viagem. Desistiu, mudou de assunto e acabou calando a boca. Muita coisa ele mesmo não entendia. Nunca tinha pensado muito em política, e agora estava ali, tentando entender para explicar, explicando para tentar entender. Lembrou dos versos de Gabriel o Pensador que perguntavam *qual foi a pátria que me pariu*. Homero não sabia: qual foi?

No aeroporto de Brasília, o secretário do dr. Raul esperava por eles. Na pasta, trazia requerimentos e petições para serem assinados. Tinham uma reunião agendada com um representante do Ministério da Cultura e um encontro com um deputado federal no dia seguinte.

As largas avenidas de Brasília e as flores no caminho do aeroporto para a cidade impressionaram Homero menos do que o ar seco, que arranhava a garganta e deixava os olhos vermelhos. Almoçaram com dr. Raul num restaurante perto do Ministério da Justiça, assinaram papéis e mostraram clipes. Dr. Raul ficou com a fita: ia fazer uma cópia para instruir o processo. Ficou também com a cópia dos relatórios enviados para Ottawa, Washington e Paris. Homero ficou com a garganta ainda mais seca, de tanto explicar o projeto:

— Não, não tem nada de partido político...

— É um trabalho cultural, um longo documentário que a Unesco está rodando sobre as condições da infância em todo o mundo...

— Não, não é só no Terceiro Mundo não. Olhe, aqui tem uns clipes de Quebec, no Canadá, e este vídeo aqui é do Japão...

— Não, não vai ser um retrato sensacionalista da miséria brasileira. Não vai ter montagem nenhuma. É um vídeo supersério...

— É claro, o documentário também vai passar no Brasil.

O português de John era mais do que precário, e o dr. Raul, um ouvinte muito distraído; assim Homero muitas vezes ficava falando sozinho. O mau humor de John tinha piorado; ele estava sem paciência e seu inglês tinha a rapidez de uma metralhadora.

Mas Cíntia, a assessora do assessor do secretário do ministro, falava inglês bem.

Dr. Raul mostrou o fax de Paris, o outro de Washington e de repente tudo ficou fácil. Os assessores e seus assessores foram consultar outros assessores. Voltaram com a notícia de que eles podiam passar na manhã seguinte: teriam uma autorização do próprio ministro, que tinha ficado bem impressionado com o que ouvira sobre o projeto.

Caía a noite quando dr. Raul deixou Homero e John no Hotel Paranoá. No bar de cobertura, um pôr de sol cinematográfico e um uísque restituíram um pouco do bom humor a John, mas não impediram que ele lamentasse não poderem filmar aquela maravilha.

O horizonte afundava num longo banho de vermelhos, grenás, dourados e amarelos. E, enquanto o poente mergulhava o oeste de Brasília na cascata de cores, a lua branca e leve nascia do outro lado.

Homero e John iam jantar com Cíntia, que ia pegá-los no hotel às oito e meia.

•

No restaurante, as saladas, o pintado na brasa e as frutas da sobremesa foram pontuando a conversa. Funcionária do ministério, Cíntia era responsável pelo acompanhamento de uma dezena de projetos voltados para a melhoria das condições da infância e da juventude:

— Tem de tudo. Alguns são muito sérios. Mas tem também cada picaretagem...

— É que tem muita grana no meio, não é?

— Pois é isso, tem grana aos montes. Montão de grana internacional.

John conhecia uma fundação alemã que financiava um projeto no interior de Santa Catarina:

— Deve ser dólar que não acaba mais!

— Melhor que dólar, Homero, são marcos...

— É. Miséria dá lucro, cara!

— Mas não pros miseráveis...

O ceticismo irônico e desencantado de Cíntia trouxe de volta o mau humor de John. O bom humor só voltou quase no fim do jantar, quando Cíntia falou do Projeto Cobra Norato, desenvolvido em Manaus. Quem dirigia era um padre e uma antiga militante da luta armada e ex-presa política. Conseguiam resultados incríveis.

— Legal saber que o pessoal do Cobra Norato é gente fina, Cíntia. A última etapa do nosso documentário vai ser rodada lá.

A conversa foi espichando e acabou se enroscando na história de Cíntia, que tinha se mudado para Brasília ainda menina, adorava a cidade e teria o maior gosto em mostrá-la no dia seguinte para eles.

Mas não daria tempo: o avião para João Pessoa partia às quatro horas e ainda tinham de confirmar com o dr. Raul a reunião no ministério.

Era mais de meia-noite quando Cíntia deixou os dois no hotel.

13

O menino a quem faltavam dedos

Agostinho, Bilac e o carregamento de arroz chegaram de barco a Manaus num dia úmido e abafado. Descarregada a mercadoria no cais do porto, caiu uma pancada de chuva forte: "Será que é nesses aguaceiro que nasce o Caminho Novo que começava na Floresta das Água Grande?".

Bilac segurava as contas azuis e verdes da guia de Oxóssi.

Agostinho acabou de estacionar o Scania, em cujo para-choque traseiro se lia em letras pintadas com capricho: *Quem não sabe o que procura, quando encontra não conhece.* Desceram do caminhão:

— Anda, Poeta! Vamos ver se a gente encontra o compadre Faria. Diz que ele fica lá na casa dos turno.

Acharam o compadre, que levou Agostinho e Bilac para falar com Geraldão, chefe dos turnos, que deu o emprego a Bilac. O Poeta ia carregar e descarregar navios.

— Mas, por enquanto, sem papel passado, Paulista...

— Tô entendendo, seu Geraldo. Comigo tá limpo. Não tenho mesmo carteira...

Agostinho ia embora:

— Amanhã já queimo o chão de novo. Dessa vez é até o Recife...

•

Bilac passou a viver entre os fardos que carregava na cabeça, as dúvidas que perturbavam seu coração e a turma que tocava violão e ouvia música de fita quando acabava o turno.

Depois que aprendeu a dormir em rede, Bilac escolheu um canto do armazém, para pendurar sua rede entre os fardos. Às vezes eram fardos de pasta de mamona, outras, de algodão em rama, aparelhos de tevê, computadores.

Aos poucos ele foi conhecendo as várias vidas do porto. E não gostava do que via. Havia os protegidos. Para eles, as melhores bocas, só eles faziam hora extra. Bilac não ganhava quase nada: sem carteira assinada não podia entrar no sindicato. Sem ser sindicalizado, não se beneficiava dos acordos.

Queria alugar um quarto, uma vaga que fosse, mas o dinheiro não dava. Além de não ganhar quase nada, ainda tinha de pagar a caixinha de Geraldão: se não pagasse, ficava sem carga. O dinheiro era pouco: poucas notas, que enroladas cabiam no bolso do short. No fim do segundo mês foi procurado por Geraldão:

— Jeitoso como tu, Poeta, e com tua conversa, tu não carecia de pegar no pesado, carregando e descarregando os barco nessa soalheira de morte. Isso não dá futuro, Paulista, sabia?

Bilac, que não gostava que o chamassem de Paulista, também não gostou da conversa. Geraldão continuou:

— Tem fardo menor e mais leve, que carece de ser levado daqui pra ali e que te paga o que tu não ganha num mês de trampo pesado, Paulista.

Bilac sabia. Mas tinha saído de São Paulo para escapar das balas que vinham no meio dos fardos.

— Ah, Geraldão, te saco. Te saco e tô fora, tá?

Enquanto falava, Bilac se lembrou com um arrepio da conversa que teve com o Visconde, lá na festa do Rio de Janeiro, quando ele tinha dito que a droga não tem lado de fora. "Pois não é que não tem mesmo? Ou será que tem?"

— Tá fora, é, Paulista? Quando tu aprender o que é bom na vida, tu vai lembrar que eu te fiz a oferta. Até lá... Tranca de porta é a serventia da boca, tu te fecha e eu me fecho, que o fiscal tá vindo dar a ronda dele.

Fazia calor.

O silêncio do armazém foi cortado pelo ronco da lancha que tinha ido levar o navio King James para fora da barra. Mestre Zico, o prático, estava de volta. Quando chegava tarde dormia por ali: sua casa era muito longe e ele tinha de estar no porto quando clareava o dia.

Mestre Zico entrou, desenrolou a rede e Bilac viu que, antes de estender-se nela, passou pela rede de Geraldão e lá deixou um pacote. Os dois sussurraram algumas palavras e Bilac teve a impressão de que falavam dele.

•

No dia seguinte chegou um navio da Dinamarca com componentes eletrônicos para computadores. O descarregamento começou às cinco da manhã. A partir das sete — como Bilac já tinha visto acontecer outras vezes — um bando de meninos e meninas procurava por Geraldão. Cada um deles saía com um saco de papel pardo.

— Vê lá, hein, Miltinho...

— Te cuida, Beto!

— Fica esperta, Isolina, senão...

Bilac reconheceu os gestos. E, além dos gestos, o olhar da criançada.

Na hora do prato de peixe com pirão que a velha Carmela vendia na beira do cais, Bilac resolveu seguir o negrinho magrela que tinha acabado de receber o saco pardo de Geraldão. Ele caminhava com o pacote debaixo do braço, enquanto com a outra mão, enrolada num pano encardido e manchado, mal equilibrava o peixe frito que comia. Bilac atirou o boné para a cabina:

— Hoje não volto mais, falou?

— Amanhã também não precisa aparecer, Paulista!

Geraldão não perdia o sotaque áspero do interior gaúcho. Coçou a barba rala, grisalha e com ar de sujeira. Endireitou as costas que, quando chovia, cobria com um velho casaco de plástico verde desbotado, puído na gola. Não gostou nada do tom de Bilac: "Esse paulista poeta inda vai me aprontar! Mulatinho tinhoso taí. Mas deixa ele, deixa ele, que ele inda vem comer na minha mão". Tocou a campainha, que anunciava o início do segundo turno. Gritou para Marciano:

— Vaga para um substituto! Boné 36...

A multidão de desempregados que ficava sentada nos caixotes, jogando dominó e pedindo para ser chamada, agitou-se. O loirinho magro que recebeu o boné sorriu, porque ia ganhar uns trocados.

O molequinho do saco pardo que Bilac seguia chamava-se Bira. Tinha dez anos, poucos dentes na boca, um resto de fome permanente na barriga. E desde o começo da briga dos traficantes, tinha também dois dedos a menos na mão esquerda.

Repercutia ali a guerra das gangues da droga. O cartel da Turquia e o cartel sul-americano se defrontavam. Disputavam o monopólio do mercado europeu e norte-americano, onde os dólares corriam com fartura. A disputa incluía intimidação do adversário e de quem para ele trabalhasse. Denúncias, brigas, tiroteio: uma bala levou de raspão um pedaço da mão de Bira.

Um pedaço só, mas com dois dedos junto.

Bilac foi seguindo Bira pela avenida larga que dava no porto. Nos cruzamentos, o menino apertava com o braço magro o saco pardo. Geraldão contara casos em que motoqueiros seguiam as crianças para roubar as encomendas e tinha avisado:

— Ninguém pode ser frouxo, sacou? Aqui até as crila têm de ser macha. Os homem quer pôr medo em vocês, quer que vocês fica com medo de trabalhar pra mim...

Bilac não teve de andar muito.

A poucos quarteirões de um terminal de ônibus, Bira embrenhou-se no labirinto de casinhas de tijolo e palha, remendadas com cartazes, pedaços de papelão e grandes folhas de lata. Cachorros e gatos dormitavam nas raras sombras e um cheiro forte de peixe frito exalava por todo lado. Rádios anunciavam a chegada de um circo, que daria espetáculo naquela noite.

Bira parou na janela de um barraco e gritou lá para dentro. Uma mulher com um lenço enrolado na cabeça abriu a porta, pegou o embrulho pardo e deixou Bira esperando. O menino abaixou-se para catar alguma coisa que brilhava no meio da água que escorria ao lado do barraco. Era um caco de vidro. A mulher voltou, deu alguma coisa a Bira, entrou de novo e fechou a porta.

Bilac desinteressou-se do moleque e voltou para o cais. Ficou jogando pedrinhas na água cheia de óleo, pensando em Bira, em Jerônimo, em Chico-Pé-de-Osso, em seu pai. Começou a andar ao longo do cais e reparou em uma Kombi velha e sem placa que distribuía uns papéis. Abaixou-se e pegou um que estava no chão: era um anúncio que oferecia emprego numa madeireira no meio da selva.

Distraído, estremeceu quando ouviu a voz de Geraldão a seu lado:

— E aí, Paulista, tu viu o que tu queria? Vai ver que agora tu sabe o que não devia...

— Sei nada, porra...

— Tu sabe, sim, Paulista... E agora — Geraldão pôs um papel na mão de Bilac — tu pode também ver isso. Quem sabe tu perde a frescura?

Era o recorte de um jornal carioca de muitos meses atrás, com a notícia da morte de Jerônimo, num baile de Niterói, com uma foto muito ruim de um grupo. Um círculo marcava a cabeça de alguém, e Bilac julgou reconhecer-se na imagem borrada. O jornal estava colado num papel onde alguém tinha datilografado: (...) *segundo outro informante, no mesmo pagode no qual Jerônimo foi fuzilado, encontrava-se o elemento conhecido como Poeta, tido como mem-*

bro do bando de Zezito e que poderia estar no Rio como boi de piranha. Foi, no entanto, perdida a pista do elemento durante a confusão que se seguiu ao tiroteio, sendo impossível identificá-lo com precisão (...)

— Tu já vê, Paulista, porque eu evito te chamar de Poeta...

Com a mão nervosa, Bilac amassou o recorte e jogou-o na cara de Geraldão.

— Tu vai ver quem que é boi de piranha, seu filho da puta...

Geraldão ficou rindo. Pegou o papel do chão, desamassou-o e começou a caminhar lentamente para o galpão. "Não disse que esse mulatinho paulista inda ia comer na minha mão?"

Bilac estava furioso. E ao mesmo tempo desesperado. Teve certeza de que o mundo da droga não tinha lado de fora. Ou pelo menos não tinha lado de fora para quem tinha estado do lado de dentro. Ficou olhando fixo para o anúncio de emprego que a Kombi distribuía.

Mas lágrimas de raiva e tristeza não o deixavam ler nada.

14

Uma jangada no meio do mar

Os equipamentos e filmes apreendidos em Campina Grande foram devolvidos. Quando viu a papelada de Brasília, o delegado ensaiou uma desculpa:

— Não leve a mal, dr. Homero, é que a tropa é assim inguinorante...

Dias depois, Homero e toda a equipe chegaram ao Ceará. A semana começou com filmagem e gravação em diferentes vilas de pescadores. Cada moça morena vestida de branco fazia Homero lembrar de Vilma e ele ficava de olhar comprido, perdido ao longe. Na sexta-feira, regressaram à capital.

A lua brilhava cheia em Fortaleza.

O grupo tinha combinado sair de jangada com o pescador Luzenir e seu sobrinho Antonino, a quem Luzenir estava ensinando a lidar com peixes e jangadas.

Na tarde da véspera do passeio, Luzenir viu nuvens escuras que cresciam no fundo do oceano. Viu depois que a lua, quando nasceu, estava circundada por um clarão baço, sinais que indicavam chuva. Mais tarde, o clarão sumiu e as nuvens se desmancharam. Sem nuvens, o céu estrelado prometia bom tempo. Luzenir ajeitou a rede e enrolou um último cigarro antes de dormir. Não eram cinco horas quando acordou. O céu estava fechado, sem vestígio da lua. Clemira, sua mulher, acendia o fogo para o café. Luzenir examinou o céu, sentiu o vento, ouviu o mar.

Quando o grupo chegou, ele disse a Homero que era melhor desistirem:

— Não vê que com esse céu assim sem lua e com nuvem descamadinha tem jeito de tempestade? Tem chuva na certa, seu Mero.

Ninguém quis desistir. Só John. Quando chegou, Antonino reforçou:

— Ô, meu tio, não é que esse vento com cheiro de longe diz que pode chover inda agorinha?

Homero começou a concordar com eles:

— Quem sabe é melhor mesmo deixar pra outro dia?

Bill e os outros insistiram. Homero se convenceu.

— Ah, Luzenir, se o tempo engrossar a gente sempre pode voltar pra praia, não pode?

— Às vezes pode, às vezes não pode. Ninguém não sabe pra onde vai soprar o vento.

— Mas jangada não afunda, não é Luzenir?

— Não afunda, mas desmancha. Desmancha se a onda é forte, desmancha se bate em pedra...

Os moços insistiram. "O dinheiro do passeio vinha na hora certa: A jangada tá carecendo de vela nova, essa tá que é só remendo...", pensou Luzenir, rendendo-se.

Desceram para a areia e empurraram a jangada sobre os toros que a faziam deslizar. Arrumaram

o samburá, enrolaram a rede, desenrolaram a vela. Os remendos só deixavam visíveis algumas letras do nome *Lojão da Pesca* que tinha, há muito tempo, financiado a jangada de Luzenir.

— Tá bom, tá bom. Agora é só a gente largar ela que ela flutua...

— Vamos subindo, gente! Olha o equilíbrio, não fica todo mundo junto num lado só não...

Para os lados do leste, a escuridão começava a se esgarçar em cor de cinza. A terra já era um oscilante conjunto de luzinhas longínquas, que às vezes desapareciam atrás de uma onda maior. O balanço do barco aumentava à medida que as ondas cresciam, e as ondas cresciam à medida que a jangada se afastava da praia.

Martha, a única mulher do grupo, não estava gostando nada da situação. Era uma australiana muito jovem, magra e de ossos grandes, que tinha tido uma adolescência cheia de droga, álcool e clínicas de recuperação.

A voz de Luzenir sobrepôs-se ao arrepio de Martha:

— Tá sem força, Antonino? Escora no braço, menino...

O vento esfriava. Os respingos salgados tinham colado a camiseta de Martha no seu corpo. Ela se embrulhou no abrigo de Freddy, um carioca que tinha se juntado ao grupo para o passeio de barco. Da mochila de Homero saiu um saco com sanduíches. Da sacola de John veio uma garrafa térmica com café. Antonino aumentava o nervosismo geral:

— Tá dando não, tio! A disgramada da vela tá puxando demais... não sabe?

Tio e sobrinho faziam força para o cordame da vela não afrouxar. Sob a pele escura, os músculos do velho enchiam de nós seu braço retesado. Na mão enrugada, os dedos esbranquiçavam do esforço que faziam. Seus olhos em fresta não paravam de examinar o céu lá longe, onde o sol tinha de nascer.

— Força, menino! Se o sol vencer as nuvem, ele dissolve o vento. Puxe para a esquerda! Com braço, Antonino!

Um balanço mais forte levou para o mar o pacote de sanduíches. A água ferveu de peixes que disputaram o pão. Um peixe maior pôs fim à festa da peixaria miúda, deixando ver sua cabeçona a dois palmos do barco. Por baixo das tábuas da jangada, a cauda, batendo na madeira, fez um som oco e surdo. Bill, que tomava um gole do café já frio, se perguntava se não teria sido melhor ter ouvido o que Luzenir dissera sobre a chuva e sobre o vento.

Martha fechou os olhos. As mãos geladas, a boca seca, o peito disparado pediam pó, pediam bola, pediam pedra. Martha ficava fissurada. Em situações de tensão era sempre assim. Era preciso envolver o mundo em algodão para silenciar o coração disparado.

O sol começava a nascer quando se ouviram as primeiras trovoadas. Depois delas, nuvens grossas apagaram as cores vivas do nascente, e céu e mar confundiram-se num cinza-escuro que engolfava o barco em ondas cada vez maiores. Um pouco à direita, uma faixa oblíqua mais escura, unindo a terra e o céu, indicava o ponto onde a tempestade já tinha chegado.

Homero disse a Luzenir que era melhor voltarem.

— Você tinha razão, Luzenir. Era melhor nem ter saído, vamos voltar...

— O caso, seu Mero — disse Luzenir, sem tirar os olhos do horizonte nem a mão da corda — é que o vento tá forte e soprando ao contrário. Vem da praia, não sabe?

O que Luzenir não disse, mas John, que tinha surfado na Austrália, tinha percebido, é que o vento estava empurrando a jangada exatamente para onde a tempestade era uma faixa cinza-opaca contra um céu de chumbo.

— Merda, puta merda! — resmungou Homero.

Martha não sabia se o que molhava seu rosto eram lágrimas de medo, respingos das ondas ou o suor frio que no pico da crise nascia por baixo do cabelo e escorria. Cada vez mais fortes, as ondas suspendiam a jangada bem alto e depois a deixavam cair aos trancos na superfície, tornando o equilíbrio quase impossível. Segurando-se com toda a força no mastro, Martha abraçava-se à sacola de toalhas. Como tudo a bordo, a sacola agora estava encharcada. A posição forçada de Martha imobilizava seu braço. Veio a cãibra, que começava no ombro e ia até os dedos da mão direita. O cabelo comprido e molhado, colado ao rosto e às costas, incomodava muito. Sem óculos, o mundo se reduzia a uma grande mancha cinza, úmida e fria. Era como as piores viagens. Só que era de verdade. Martha se perguntava se a viagem teria volta.

— Antonino, vira com jeito a ponta da vela, menino, não vê que o cordame não aguenta outra onda desse tamanho...?

Martha chorava, e ninguém percebia seu choro: o medo de cada um era grande demais para ver o medo do outro.

Luzenir ensinava a Antonino como lutar com o vento, e que era preciso pegar o vento na esquina da vela, que não adiantava brigar de frente.

— Olha aqui, Tonino, se o barco não consegue ir pra onde tu quer, pode também não ir pra onde o vento empurra ele...

Eram homem e vento lutando pelo domínio do barco. Luzenir queria achar uma passagem no meio, e para isso era preciso segurar a vela de quina, para o vento roçar por ela só em diagonal.

— Se agarra com Santa Bárbara, senhora da tempestade, e com Nossa Senhora Janaína, rainha do mar!

Luzenir ensinava que o melhor avanço era ficar no mesmo lugar e rezar para Santa Bárbara empurrar a tempestade para longe.

Bill estava na outra ponta da jangada, sentado, com as pernas até o joelho na água. Sua mão direita segurava uma das tábuas da jangada e a chuva escorria por seu rosto, meio escondido pela pala do boné derrubada sobre a testa. Seu pé, muito grande e muito branco, acrescentava um risco à esteira da jangada no mar. Assobiava baixinho.

Antonino seguia os olhos do tio. A chuva deixava todos encharcados. Homero estava ao lado de Martha, cujas lágrimas eram mais fortes que a chuva gelada. Em seu colo, e também encharcada, esticava-se uma toalha, onde a imagem de um sol amarelo destacava-se em um fundo azul de um mar sem ondas. O amarelo do sol da toalha desprendia-se do tecido, crescia para Martha, doía em seus olhos. Ela tinha de fazer muita força para não berrar.

Nesse momento, ouviram um grito, e viram Bill escorregar para o mar.

Luzenir gritou:

— Tonino, fio, corre pra pegar o moço!

— Ei, seu Mero! Para! Para, seu Mero! Não pula n'água não...

Antonino fazia força para puxar Bill para a jangada. O barco se desequilibrava a cada tentativa de trazer para bordo o corpo imenso do americano, que berrava de forma incompreensível.

Martha chorava e John pedia calma.

Içado para bordo, Bill soluçava. O sangue não parava de escorrer de seu pé esquerdo, cujo dedão parecia quase decepado. Um peixe esfaimado tinha abocanhado seu dedo. Tiras rasgadas da toalha de Martha estancaram o sangue. Homero apertava e afrouxava o torniquete, para evitar hemorragia. Tinha a impressão de que o amigo ia esvair-se em sangue.

— Pô, Bill, para quieto!

Martha parara de chorar. Mais uma vez ela tinha sido mais forte. O amarelo voltou para a toalha. Seu peito estava sossegado e a garganta limpa. O coração batia com regularidade, e só um leve tremor nas mãos fazia-a lembrar do inferno de que estava escapando. Começou a massagear as costas de Bill, e de vez em quando interrompia a massagem para pressionar pontos no braço do rapaz. Aos poucos, a crise de soluços de Bill foi passando e ele conseguiu se revezar com Homero na aplicação do torniquete. As mãos de Martha estavam firmes agora.

A tempestade amainava.

— Estamos voltando, seu Mero. Não vê o sol agora nas nossas costas?

A jangada foi entregue a Antonino, e Luzenir veio para perto dos moços. Tirou do samburá uma garrafa de pinga. Um por um, todos foram bebendo um gole, menos Martha. O último gole foi para desinfetar o dedão de Bill. Luzenir não se conformava de não os ter advertido sobre o assanhamento dos peixes em dia de tempestade:

— E logo um pezão branco desses, moço! Parece isca pros peixão grande. Se eu não tivesse tão ocupado com a disgramada da vela...

De volta a Fortaleza, foram direto para o Hospital Universitário, onde duas bem-humoradas residentes cuidaram de Bill, costurando o dedo e completando o curativo que a pinga de Mestre Luzenir tinha começado. O susto virou história, contada aos vizinhos de Antonino, aos pescadores das cooperativas, aos amigos de Luzenir, às comadres de Clemira...

Ao chegar ao hotel, um fax esperava a equipe, comunicando mudança de planos: eles deveriam ir imediatamente para Aracaju e, daí para o interior de Sergipe, documentar as frentes de trabalho contra a seca.

E só depois para Manaus.

15
As voltas de um caminho
sem volta

O emprego no porto de Manaus estava acabado. Não tinha volta. "A droga não tinha mesmo lado de fora. Porra! Geraldão era um filho da puta. Um puta filho da puta! Que que adiantou ter deixado São Paulo lá longe se os homem chegava na frente?" Sem esperança, Bilac estava sozinho com seu ódio e com seu medo. Raiva e amargura tomavam conta de seu coração. Pensou em Quincas. "Será que o Agostinho sabe onde ele anda? E Agostinho, onde está?" A cena com Geraldão não saía de sua cabeça. "Armação pura a história do jornal. Ela encaixa direitinho, mas é mentira. Quer dizer, é verdade que eu tava lá, mas é mentira que era a serviço dos homem. Depois ele me viu seguindo Bira, me viu com o papel do anúncio. Bando de filhos da puta..."

Olhando para o papel que tinha na mão, Bilac finalmente leu o que estava escrito ali: *Madeireira Santa Lúcia procura jovens para emprego de grande futuro.* "Madeireira nada, saco esses filho da puta. Arapuca pra pegar avião para escolher mula! Vai ver eles é do outro grupo. Por isso Geraldão tá no meu pé, pensa que sou deles..."

Bilac de novo pensou em Quincas. Comprou um cartão telefônico e ligou para Belém. Por sorte Agostinho estava no posto:

— Tu tá no pedaço, Poeta? Vamo pra Imperatriz do Maranhão! Dessa vez não vai ter sem-terra no caminho!

— Não dá, Agostinho, não dá. Tô numa fria, meu! Depois te conto. Tu sabe do Quincas?

Agostinho disse a Bilac que dali a dois dias Quincas estava chegando a Óbidos, cidade paraense, onde parece que ia ficar uma semana. Bilac torceu para que o pouco dinheiro que tinha desse para pagar a passagem.

Na rodoviária, o mesmo anúncio que a Kombi distribuía estava pregado na porta do banheiro dos homens. O papel ordinário procurava *jovens ambiciosos para emprego de grande futuro*. O homem do guichê informou que não havia ônibus de Manaus para Óbidos. Se Bilac quisesse encontrar Quincas, teria que pegar um barco.

Cresceu a angústia de Bilac. Pareceu-lhe ver ao longe Geraldão rindo dele. Do outro lado da plataforma, a Kombi da madeireira estava se enchendo de homens que queriam o emprego.

Mergulhado em desespero e solidão, Bilac perdeu a esperança. "A música dos Racionais falava certo: *Tô tentando sobreviver no inferno*." O desespero cresceu. Cresceu junto com o inferno que crescia dentro dele. Bilac desistiu. "Porra, já que não posso cair fora, volto pra dentro. Tentei, porra, achei que ia dar. Quincas também achava. Agostinho também. Mas é que eles não sabe. Eu é que sei. Não posso. Não tem lado de fora. As balas queima mesmo sempre do mesmo lado, o meu lado. Os Racionais fala certo, essa porra ia zoar a minha vida. Tá zoando já..."

A Kombi tinha ido embora. Bilac caminhou até o endereço onde recrutavam gente para a madeireira.

O escritório funcionava no primeiro andar de um prédio velho, numa sala de fundo. Na mesa empoeirada num canto, um computador novo contrastava com o desmazelo do lugar. Por detrás do monitor, uma cabeça loira atendia a fila dos interessados.

— Nome?

— De maior ou de menor?

— Tem documento?

— Endereço de origem?

— Sabe guiar?

— Mexe com computador?

— Fala espanhol?

Bilac conseguiu o emprego.

Não demorou para confirmar: a madeireira era fachada de uma fazenda de refino de coca a duzentos quilômetros da cidade, já na floresta. As estradas, precárias e quase intransitáveis, tornavam o lugar seguro. Bilac ficou morando lá e trabalhava movido pela força da raiva. Queria vingar-se do destino, descontar a perda da esperança.

•

Numa noite sem lua, um grupo que vinha puxando um fardo de folhas desde a Colômbia foi denunciado e acuado por uma patrulha:

— Para! Polícia!

O primeiro tiro, para cima, mostrou que a patrulha não estava blefando.

Em vez de parar, o motorista apagou os faróis e acelerou a Kombi. Recebeu um tiro cego e a bala, trespassando a porta, esmigalhou seu joelho esquerdo. Mesmo ferido, ele continuou acelerando, despistou a patrulha, salvou a encomenda e os companheiros. Só então desmaiou de dor, e caiu por cima do volante.

Pediram socorro pelo rádio:

— Estação Um chamando estação Zero. Estação Um chamando Zero. Câmbio.

— Estação Zero na escuta, estação Zero na escuta. Câmbio.

Bilac teve de organizar o socorro.

O pneu do jipão estava arriado e não tinha estepe. Bilac e o médico foram a pé até o local onde a Kombi parara. Como era arriscado acender a lanterna, só usaram luz para poder abrir o joelho ferido e extrair os fragmentos de bala. Tinham amarrado um trapo na coxa de Élvio para estancar o sangue. Ele gemia alto e o médico tinha aplicado uma injeção de anestésico antes de remexer a ferida.

— Bom pra ele, que não é chegado num pico. Sabia que não pega anestesia em gente do pó?

A operação já tinha terminado. O médico, afastado do grupo, bebia uísque pelo gargalo de uma garrafinha achatada que sempre levava no bolso de trás das calças, quando uma onça apareceu. Estava com cria nova, e tinha se assustado com o barulho. A bicha miou alto, agachou o corpo rente ao chão, e já ia dar o bote no médico...

— ... mas ele nem não precisou de interromper o gole, a bichona nem pular pulou, estrebuchou ali mesmo, com os seis balaço do berro aqui... — contava depois um dos homens, batendo no Taurus prateado.

— E tu agora fica arrotando tua boa pontaria!

A bala tinha sido tirada, mas o joelho do motorista estava perdido. Pedaços de osso tinham se incrustado na ferida, de modo que ele precisava de hospital. Mas o envio do fardo não podia atrasar. Outra partida ia chegar dali a dois dias. As instruções que Bilac tinha recebido de Joselito, o braço direito *del Hombre*, como falavam do outro lado da fronteira, foram muito precisas, e dadas num portunhol que Bilac e todos os outros entendiam perfeitamente:

— Você mire, veja usted señor poeta, no pode nunca — pero nunca, me entiende? — acontecer que os dois equipes se encontren. Se uno cair, e ese un sabe del outro, ya ve você que... Nunca, nunca, me entiende?

•

A manhã que nascia clareava a mata em volta do barraco, mas não clareava a cabeça de Bilac. Desde que tinha voltado para o mundo da droga, o medo antigo tinha voltado inteiro. Inteiro e maior: "Porra, a bala que tinha esmigalhado o joelho de Élcio não era a mesma que tinha matado Jerônimo lá no baile de Niterói? Merda, as duas não era a mesma que tinha acertado seu pai naquela quermesse de São Paulo?". Bilac experimentou o velho medo de antigamente, que voltava sempre, mas que naquela hora veio diferente, muito forte, fazendo Bilac estremecer da cabeça aos pés. "Porra, meu, a bala, ela queima cada vez mais perto, porra, ela deu uma puta volta desde que acertou o pai, mas o destino dela sou eu..." E pela cabeça de Bilac se desenrolava, como num filme, aquela tarde na quermesse em que ele, escondido atrás de um carrinho de pipoca, tinha visto o pai cair de bruços e uma mancha escura se espalhar na camisa azul-clara.

Uma nuvem verde de periquitos interrompeu suas lembranças: voavam para o sul. Bilac imaginou que eles estavam fugindo de alguma coisa. "Tavam? Eu também não fugi? Fugi nada, mas achava que tinha fugido... De que adianta fugir, porra, se as bala faz curva, corta estrada e vem buscar eu aqui, tão longe... Não era aqui que ia começar meu Caminho Novo das Água Grande, que Mãe Pretinha tinha falado naquela noite estrelada da Bahia?"

Até a tarde, Bilac tinha que encontrar a outra equipe na trilha do Açaí Maior e avisar os puxadores do novo roteiro. Antes de sair, precisava deixar as instruções com Belisário, fazer com que ele repetisse todas as ordens para ver se tinha entendido direito.

Não era fácil acordar Belisário. O maranhense tinha sido líder camponês e costumava reclamar do que chamava *seus direitos*. Mas diziam que era só papo, que Belisário estava nas mãos dos homens:

— Pois são donos dele, têm direito, sim senhor. Pois se esconderam ele quando a cabeça dele valia cinco mil dólar...

— Então o raio do maranhense ameaça dedurar quem salvou ele...?

— É só da boca pra fora, meu...

— Pode ser, mas os homem é mesmo de entregar Belisário pra polícia dos fazendeiro se ele mijar fora do pinico.

Entregue à polícia, Belisário seria mais um corpo daqueles que ninguém sabe quem é, porque aparece sem roupa, cheio de bala, boiando no rio. Bilac sacudiu a rede:

— Pintou sujeira, Belisário...

— Cala a boca, meu. Não é meu turno, porra!

— Acorda, Belisário, não tô dizendo que sujou?

Belisário tirou a cabeça de baixo do lençol sujo, onde tinha enfiado a cara assim que Bilac entrou. O lugar de dormir era o canto de um barraco, fechado com uma parede de tijolos velhos e sem pintura. Penduravam as redes ali, ali se esparramavam os colchões de quem não tinha hábito de rede.

— Que que foi? É tu que tá aí, Poeta?

— Já disse, porra, pintou sujeira, melou, não ouviu? Porra!

— Pintou sujeira como? — Belisário esfregava os olhos.

— A patrulha flagrou eles, deu ordem de parar, eles não parou, eles atirou...

— Alguém dedou?

— Sei lá, acho que dedou.

— Os homem atirou? Quem morreu?

— Eles atirou, mas pegou só o joelho do Élvio... Todo explodido, cheio de bagaço de bala e de osso. O médico diz que aleijado ele não fica. Mas que vai ter de ir pro hospital...

— Puxador na moleza nunca ouvi falar...

— Pois tá ouvindo agora, porra! A turma de Reginaldo tá pintando, vai ter que dar um jeito, que tu sabe que os homem não quer que as turma se encontra. Eu vou avisar ele e tu...

— Eu, Poeta? Por que eu? Tudo que acontece é o Belisário que dança...

— Te manca, Belisário, que não tenho mais saco. Já encheu. Tô queimando o chão pra cuidar do fardo. O resto fica por tua conta, falou?

Saindo, Bilac ouviu Belisário resmungando:

— A turma que se dane! O fardo é que não pode ter problema. Só as folha é que têm valor... Gente não conta!

Bilac sabia que Belisário estava certo. "Não tem gente, não tem Reginaldo, não tem Bilac, não tem ninguém. Tem o pó, tem a erva, tem a pedra. Não tem Belisário, não tem ninguém, talvez não tenha nem Geraldão. Têm a erva, o talco, a pepita. Não, não tem nem Zezito. Zezito, tem também seu Zezito, Juanito, tem seu Juanito. *El Hombre*. Belisário está certo. O joelho de um, o sono do outro, a onça... quem se importava? O que importava era o fardo, o pó, o refino, a distribuição, a venda. O que importava era o dinheiro para mais coca, refino mais rápido e mais rendoso, distribuição mais segura, venda maior, lucro mais alto. Lucro pra quem?"

Bilac foi tirar o jipão do barraco onde ficavam as máquinas. Achou um pneu extra. Careca, mas não tinha outro. O jipão já era conhecido do pessoal da vigilância das fronteiras e das patrulhas antidrogas, mas Bilac não tinha alternativa. Na parte traseira do jipe, os galões de diesel para as emergências. No bolso da porta ao lado do motorista, o trinta e oito prateado. Debaixo do banco, a metralhadora Uzi. Bilac não tinha se habituado às armas, mas sabia usá-las. Lembrou que na primeira aula de tiro o instrutor tinha dado a lição maior: *Mano, homem morreu, antes ele do que eu.*

E lembrou de repente que desde o emprego no porto de Manaus nunca mais tinha inventado música nenhuma.

Ligou o motor.

O tempo na fazenda ensinara a Bilac tudo o que havia para saber sobre cocaína. Não tinha como não aprender. Quanto mais sabia, mais se sentia roubado. "Cadê meu Caminho Novo da Floresta das Água Grande?"

O motor não pegava. Bilac esperou dois minutos, contou até cento e vinte, girou de novo a chave. Desta vez deu certo e o motor roncou alto.

A cocaína vinha de uma planta da região andina, era cultivada e colhida pelos índios, suas folhas eram amarradas em fardos e transportadas ao local de refino. Pela água, pela terra e pelo ar, em barco, no corpo ou de carro, em lombo de mula, em carroça ou em caminhonete, em lombo de burro ou garupa de moto, em aeroplano, em bicicleta ou nos ombros seminus de homens esfarrapados, as folhas verde-escuras da *Herihoxylon coca* migravam através do continente.

O motor morreu. Bilac ligou de novo. "Pega, porra! Pega!" O motor pegou. Bilac ficou acelerando de leve. Não podia deixar a bateria arriar... "Os piloto dos barco, os tocador das mula, os motorista dos carro, os carroceiro das carroça, os motoqueiro das moto continuava tudo esfarrapado." Eram esfarrapados antes, esfarrapados durante e esfarrapados depois da migração das valiosas folhas da *Herihoxylon coca*. "Tudo escravo da coca." A coca, sim, era valiosa. "Valiosa pra quem?"

Bilac engatou a primeira. A marcha custou a entrar. A embreagem estava dura e o carro ameaçou morrer de novo. "Merda! Enguiçar bem agora!"

A marcha entrou. O jipão rodou alguns metros. Bilac deu marcha a ré para manobrar. "Como é que Belisário tinha dito? Tinha dito que só as folha é que têm valor. Valor pra quem?"

Depois vinha o refino: a torrefação, a moagem, a infusão e extração, a acetona, o éter e o amoníaco, a pasta, o pó e a pedra que, de novo, migravam através do continente. Às vezes ficavam por ali mesmo, às vezes iam para perto, às vezes viajavam para outros continentes, numa rota que tinha sempre bala de fogo nas duas extremidades. Extremidades perigosas. "Perigosas pra quem?"

Bilac saiu do jipe para abrir a porteira que ficava fechada com cadeado. A chave custou para entrar. "Porra!" Abriu a porteira, voltou para o jipe. Rodou alguns metros. Parou de novo. Voltou para fechar o cadeado. A primeira entrou logo. O jipão rolava duro. "Os que torra, os que mói, tudo moído pela coca."

Os que infusionavam e extraíam o pó, a pedra e a pasta eram seminus e esfarrapados. Esfarrapados e seminus eram os fornecedores da acetona, do éter e do amoníaco, a mão de obra da pedra, do pó e da pasta, e todos os que transportavam pó, pedra e pasta eram seminus e esfarrapados. Todos: do menino que levava o pacote para a favela de Manaus ao outro que, numa chuvosa manhã em São Paulo, entregava uma encomenda para um homem sentado num banco na Praça da Sé, que em troca lhe dava um envelope valioso.

Todos esfarrapados.

"Quem ganhava? Quem levava bala e quem que levava grana?", perguntava-se Bilac no caminho difícil da estrada semi-invadida pela vegetação. Raízes inesperadas brotavam do chão e galhos teimosos ameaçavam o para-brisa, invadindo a janela. O jipe entrou na trilha do Açaí Menor: ninguém à vista. A trilha do Açaí Maior ficava mais à frente, e Bilac calculava que devia ter encontrado a turma do Reginaldo por volta das onze horas da manhã. Já eram quase quatro da tarde. Estacionou entre os castanheiros, perto do velho barracão, e esperou. Ninguém apareceu. Andou a pé pelas trilhas secundárias: "Porra, faz tempo que pessoa nenhuma passa por aqui. Tá na cara." Voltou para o jipão e esperou mais um pouco. "Será que pintou sujeira de novo?"

Bilac sentia que não podia ficar ali. Um aperto forte no fundo da garganta dava sinal de que alguma coisa estava errada. De repente, ele percebeu o que era. E teve de ser rápido na decisão. À direita da trilha, um pouco depois de onde deveria ter encontrado Reginaldo, saíram da folhagem três helicópteros verdes, modelo militar.

O barulho dos motores calou a passarada. No silêncio que se fez, Bilac pôde ouvir, com nitidez absoluta, as cargas de metralhadora que, como línguas compridas de fogo, começavam a chover sobre a floresta. Em segundos, a explosão estrondou, pôs fogo na floresta, e os helicópteros, como pássaros grandes e desajeitados, encurvaram o voo à direita, fugindo dos rolos de fumaça que se desenrolavam encobrindo o céu.

O cheiro de gasolina queimada e o estampido das explosões secundárias alcançaram o jipe de Bilac.

Era preciso correr. "O fogo, porra, os tiro. Como na quermesse de São Paulo, como na Praça da Sé, como na favela do Rio, e como na mão aleijada de Bira. O fogo chega muito perto. Ele quer queimar é eu. Mas meu caminho não é o Caminho Novo da Floresta das Águas Grande? Águas grande apaga o fogo... Será que apaga? Fico no jipe ou vou a pé? A pé, merda, o jipe é manjado. Puta merda."

O perigo cheirava a querosene e era quente como fogo.

Os helicópteros reapareceram. Aves desajeitadas e sinistras sobrevoavam a floresta em círculos. "Merda." Estavam chegando perto. "Será que identificava carros pelo calor? Como é que era mesmo? Há quanto tempo o motor tinha de estar parado para os helicóptero não identificar o jipão? Ou o calor que eles identificava era o calor do metal, puro e simples?"

Bilac não sabia.

Mas tinha de decidir, e decidiu.

Revólver em punho, metralhadora pendurada no ombro esquerdo, Bilac saiu correndo para a trilha secundária, que dava no rio Xapuri. Tinha tido treinamento de tiro ali perto, conhecia bem o rio: sem piranhas e sem jacarés, o Xapuri serpenteava pela floresta até a cascatinha onde diziam que os peixes desovavam.

Mas a decisão de Bilac demorou meio segundo além do que podia ter demorado: o barulho dos helicópteros ficou ensurdecedor. As folhas das árvores se sacudiam como se todos os demônios da floresta se pendurassem nelas. O cheiro de querosene crescia e, horrorizado, Bilac percebeu que os helicópte-

ros regavam a floresta com combustível, para depois as rajadas de metralhadoras acenderem a fogueira.

Bilac quase não teve tempo.

O tiro de uma primeira rajada pegou-o por acaso, de leve, de raspão no ombro esquerdo. Deixou cair a metralhadora com um grito de dor. "Merda. Puta merda, que dor filha da puta." O revólver caiu no chão e lá ficou caído, enquanto Bilac era só pernas. No rio Xapuri lavou o ombro: a ferida era maior do que imaginara. Ele tremia todo. De medo e de dor. O ombro não parava de sangrar. Entrou no rio.

Na água ouviu o estrondo do jipão explodindo, indo para o céu em espirais de fumaça negra. Depois, o ronco cresceu de novo. Bilac escondeu-se e esperou. O ombro sangrava e doía. Os helicópteros voltaram várias vezes. "A bala me pegou. Era essa que era pra mim. Pegou, mas não matou. Eu tô vivo, meu, tô vivo."

Bilac surpreendeu-se com a tranquilidade que se apossou dele. A bala o encontrara, mas ele estava vivo. "Porra, tô vivo, meu! Vivo!"

Os helicópteros se foram de vez.

Bilac caminhou por muitos dias.

Vadeando águas, fazendo cicatrizar a ferida com samambaia mascada, os dias foram se transformando em semanas. Só depois de caminhar bastante é que as frutas perderam o gosto de querosene. E Bilac foi sarando. "A bala me pegou e eu tô vivo, meu, tô vivo..."

Ele descobrira que era mais forte que a bala.

Foi debaixo de um temporal imenso que chegou ao acampamento Cobra Norato, nos arredores de Manaus. Lá, ninguém perguntava nada a quem chegava, que ninguém chegava lá por acaso. Quem chegava precisava de cama e comida, e então tinha comida e tinha cama. E se quisesse, quando quisesse, falava quem era e de onde vinha. Foi assim com Bilac, que numa noite em que a chuva marcava compasso, batendo forte nas telhas de zinco, contou sua história para uma plateia atenta. Quando acabou de contar, perguntou se não tinham visto a chuvarada sob a qual tinha deixado São Paulo:

— Foi no ano passado. Alagou tudo. Deu na TV. Vocês não viram?

Catarina era a única que tinha visto. Ou que se lembrava de ter visto.

16
Uma história antiga

Fazia anos que Catarina morava em Manaus. Aluna de Sociologia da PUC de São Paulo no final dos anos 60, descobrira ao mesmo tempo a miséria brasileira, a luta armada e o amor eterno. Militante política, tinha ido com Marcelo para o Araguaia, onde começaria uma revolução depois de politizar os moradores.

Tinha se acostumado à vida da guerrilha e ao codinome Maria.

Ao que nunca tinha se acostumado era à fraqueza do belo Marcelinho, que dormia com todas as companheiras que caíssem pelo seu jeito meigo de percorrer com o dedo preguiçoso um caracol de cabelo ou uma curva do corpo. Numa briga mais séria, Catarina tentou transferir-se de acampamento, mas não conseguiu. Ninguém ali tinha tempo nem simpatia para questões amorosas:

— Questão sem relevo, companheira. Coisa de burguês. A companheira sabe que a causa é maior e que sua presença é necessária aqui...

Catarina ficou até o fim.

O amor acabou antes da guerrilha: Marcelo foi morto a tiros com mais dezesseis companheiros, e

Catarina e três mulheres ficaram anos numa prisão do Rio de Janeiro, depois de espancadas, estupradas e queimadas com pontas de cigarro.

Catarina não quis ser incluída na lista de troca de nenhum embaixador sequestrado.

Anistiada anos depois, decidiu morar em Manaus. O tempo vivido na Amazônia na luta armada tinha-lhe ensinado afeição por aquele povo de cabelo liso e brilhante, de pele acobreada, que as mestiçagens constantes não desbotavam.

Como os amores, a sociologia tinha ficado para trás.

Trabalhava numa montadora de componentes eletrônicos. Da PUC ficou a paixão pela poesia de Fernando Pessoa. Da prisão, um leve desequilíbrio no andar, resultado de muito choque elétrico nas pernas amarradas com arame. E dos velhos tempos da luta armada ficou uma ponta de esperança de que a morte dos companheiros e suas próprias cicatrizes não tivessem sido em vão. "Será que tinha valido a pena?" Antigamente concordava com o poeta, que *tudo vale a pena se a alma não é pequena*. Agora Catarina já não sabia mais. Mas gostava de acreditar que sim.

De Marcelinho não tinha ficado nada.

Catarina trabalhava no Projeto Cobra Norato, que proporcionava habilitação profissional para jovens sem família e sem trabalho. Funcionava havia dez anos em um conjunto de galpões na periferia de Manaus.

O Cobra Norato começou no dia em que seis menores amanheceram na porta da igreja, amarrados uns nos outros e com um cartaz pendurado no pescoço do maior deles: *Tá tudo podre, padre.* A menorzinha das meninas estava com malária e a outra tinha uma ferida infeccionada onde havia levado uma picada de cobra. Não tinham família, ou tinham e era o mesmo que não ter.

O padre alojou na igreja os quatro meninos e as duas meninas. Ficou sabendo que eles eram mantidos presos e obrigados a prostituir-se para os transportadores de folha de coca. Como eles, havia centenas, milhares de menores explorados, e a briga valia a pena.

O Padre Vítor entrou na briga.

Falou em todas as missas, escreveu para os jornais, foi às rádios. Fez palestras nas escolas. Sensibilizou jovens e professores. Uma gráfica fez cartazes e *outdoors*. Um vereador falou na Câmara, um deputado levantou a questão na Assembleia. Salvar aqueles seis meninos passou a ser a briga de muita gente.

E por isso acabou dando certo.

As crianças foram ficando. E outras foram chegando.

Depois chegou a escola e chegou Catarina. A escola acreditava que a meninada precisava ter um ofício. Catarina acreditava que a meninada precisava ter história. Acreditava que, contando a própria história, as pessoas se encontravam e reencontravam nessa história, a história de seu povo. Por isso ela se dividia: eram cotas de importação, câmbio, diodos, transístores, bobinas, qualidade global e reengenharia de empresas no emprego; histórias de botos, de trabalho escravo, da cobra-verde, de prostituição, de amazonas de um peito só e a lenda da Cobra Grande com os meninos.

Foi assim que o Projeto Cobra Norato nasceu e cresceu: meninos e meninas escreviam as lendas, canções e histórias que conheciam. Escrevendo, ficavam maiores. Mais fortes, e quase mais felizes.

— A indústria e o comércio das drogas, a prostituição infantil e o turismo sexual deixam à deriva meninos, meninas, adultos e velhos. Tão órfãos de história como os curumins dos Tukuna, dos Ianomâmi — disse Catarina, numa palestra que fez no Lyons Clube de Manaus para levantar fundos para o projeto.

O esforço estava dando os primeiros resultados. Esperavam um financiamento para ampliar o projeto. Um comitê internacional da Unesco, reunido em Caracas, fazia a avaliação final das propostas apresentadas. Padre Vítor tinha sido convidado para falar sobre o Cobra Norato. Na sua bagagem foram os originais de um livro que os jovens do acampamento tinham escrito, entrelaçando e emendando as histórias de suas vidas.

Catarina sabia pedaços do livro quase de cor: *O cara que vivia com minha mãe vivia cercando eu. Eu manjava ele. Vi logo o que ele queria. Um dia pegou eu. Era de tardinha e a mãe tinha ido no poço.* Catarina não se conformava. Trocando a figura do padrasto pela de um tio ou de um patrão e, num caso triste, pela da própria mãe, a história era parecida com a de Nita, com a de Janaína, com a de Geovânia, com a de Socorro. A história de Socorro incluía a de sua irmã, morta por causa de um aborto malfeito: *Só fiquei sabendo da gravidez de Maninha quando ela começou de morrer. Delirava. Falava tudo atrapalhado. Falava de um filho que ia brincar no rio. Variava, a Maninha. Aí a palha que ela estava deitada em cima foi ficando vermelha... sangue vermelho-escuro que saía do meio das coxa de Maninha, coitada, coxas que era osso só.* Também estava ali a história de Honório: *O pai um dia deu eu pro homem. O homem era dono do seringal. O pai devia pra ele. Ele era dono da venda. Eu mais outros trabalhava de graça. Nós era dezoito. Nunca mais vi pai. A gente de primeiro sangrava as árvore. Aí o homem via quem que era macho. Os mais forte ia puxar fardo. Os fardo era as folha da coca. Mãe parece que foi embora com um homem que vendia pano. Nós arrastava o fardo. Era vinte quilo. Nós tinha que arrastar ele pelo mato. Nós arrastava. Nós tinha que fugir dos posto de fronteira. Nós tinha que fugir dos outro homem que roubava os fardo pra vender pra outros refino... Nós fugia...*

Fechava o livro a história de Américo, que Paulão contava: preso num posto de vigilância da fronteira, Américo passou duas noites amarrado em cima de um formigueiro para dizer para onde iam as folhas. Quando foi solto enrolava a língua e não sentia mais as pernas: o veneno das formigas tinha lesado seu cérebro. Ele ficou bobo e acabou morrendo mordido de cobra: sem serventia para o serviço, tinha sido tocado da fazenda e um dia foi achado morto e preto, debaixo de uma seringueira, perto do rio.

Um pouco antes da viagem de Padre Vítor a Caracas, num sábado já quase noite, nem Catarina nem ninguém estranhou que um mulato magro, que dizia se chamar Bilac, mas ser conhecido por Poeta, pedisse para falar na roda de histórias. Ele começou contando que tinha chegado ao Norte na boleia de um caminhão. Vinha fugido do tráfico do pó em São Paulo, de onde saíra no meio de um aguaceiro medonho, que tinha parado a cidade por mais de duas semanas.

— Foi no ano passado. Alagou tudo. Deu na TV. Vocês não viram?

17
A bênção do poeta

Homero e seu grupo chegaram a Manaus. A Amazônia era a última região em que iam recolher material. Percorreram milhares de quilômetros no interior da floresta, filmando e gravando populações ribeirinhas e tribos indígenas.

Num dia sem vento nenhum e de sol escaldante, chegaram ao acampamento Cobra Norato, onde se alojaram num galpão. Ficaram encantados com a beleza do que encontraram: leram as histórias escritas pelas crianças, viram vídeos do projeto e mostraram seus vídeos.

De Manaus, a equipe retornava. Iam todos para Ottawa, menos Bill, que seguiria para Washington. Homero pensava em voltar para São Paulo.

— Por que, Mero? Para quê?

— Sei lá, preciso amarrar as coisas. Saí de casa meio assim, sabe? Saí de bobeira, na porra-louquice. Preciso voltar...

— Ou então, ao contrário, sair de vez...

— É que às vezes pra sair tem que voltar.

— Você podia vir com a gente, Mero... Quem sabe depois a gente volta todo mundo? Catarina não falou outro dia sobre aquela história de arte com crianças? A Catarina acha que vai sair o dinheiro da Unesco. Não é um jeito legal de ganhar a vida? Pensa, Mero, pensa...

— Pô, Bill, agora não dá, cara. Não dá pelo menos agora.

Também John tinha certezas sobre o que Homero devia fazer. Suas certezas lembravam o rapaz de seu tio Peter:

— Mero, você não acha...

Nem pôde acabar a frase. Homero tinha perdido a paciência:

— Larga do meu pé, meu! Se você acha *tanto*, por que não fica no Brasil e monta uma ONG e resolve tudo? Acha que é só ir chegando e ir achando e fica tudo resolvido?

Ninguém ficou no Brasil.

O dia da partida ficou triste no abraço longo e apertado com que todos se despediram. A Van, carregando a bagagem e os amigos, desapareceu na curva da estrada. Homero também precisava ir embora, mas não sabia ainda quando. Também não sabia muito bem para onde. Revendo no dia seguinte um dos vídeos do Cobra Norato, ficou curioso:

— Catarina, quem fez as músicas?

— A trilha do vídeo?

— Não, Catarina, as canções que toca na fita.

— Bilac, o Poeta.

— Ele é fera!

— Você não encontrou ele ainda?

— Acho que não. Engraçado o nome dele. É nome mesmo?

— É. Bilac é nome mesmo. Jorge Bilac ou Bilac Jorge, não sei bem, mas todo mundo chama ele de Poeta...

— Então o outro poeta encarnou nele. Legal, Catarina. Bilac toca o quê?

— Acho que nada, Homero. Ele é letrista. Ele batuca, canta, acompanha o ritmo, mas fazer, mesmo, faz é letra de música.

— Ele mora aqui? Onde que ele está que a gente não viu ele?

— Ele mora aqui, sim. Acho até que vocês se cruzaram, vocês chegando e ele saindo. Ele foi com Vítor até Ariquemes para uma reunião com um pessoal que quer montar um acampamento como o nosso.

— E quando ele volta?

— Deve estar chegando. Acho que amanhã ou depois ele está aqui.

•

Bilac e o Padre Vítor chegaram tarde da noite, dois dias depois. A conversa de Bilac com Homero começou no café da manhã do dia seguinte:

— Tu também vem de São Paulo?

— Saí de lá no meio do ano passado...

— Eu também, cara!

— E como é que você chegou aqui?

— De muitos jeitos. É uma resposta comprida. Contei ela pro pessoal quando cheguei. Mas a viagem começou mesmo no caminhão do Quincas, que pintava para o Pará...

— Quincas? Quem é Quincas?

— É uma história comprida, já te disse. E tu? Como é que tu entrou no time dos gringos?

— É uma história comprida também. Saí de Sampa sozinho. Depois é que comecei a trabalhar com eles.

— E foi legal vir?

— Imagina que no avião em que eu vim veio um traficante preso?! Algemado num policial! Olhando, ninguém dizia que era traficante, o cara tinha a maior pinta de gente fina! Foi morto a tiros quando descia do avião, no Recife...

Bilac sentiu um arrepio. "Será que ele é dos homem?" Disfarçou:

— Viagem quente, essa tua!

— Pois espera o resto, cara!

— Ah!, tem resto? Aí já vai ficar demais...

Homero ia adiando a volta a São Paulo. O Cobra Norato parece que tinha grudado nele. Bilac e ele viviam conversando. Quase sempre sobre música. Bilac ouviu as fitas que Homero tinha gravado e ficou sabendo detalhes do documentário sobre jovens. Lembrou da Praça da Sé, do cais do porto em Manaus... "Será que ia ter disso no vídeo?" Mas não teve coragem de perguntar.

Dias depois, era finzinho de tarde e todo mundo estava reunido em volta da televisão, esperando a novela.

No final do noticiário, ouviram a revelação da surpresa que a TV vinha anunciando há semanas: um festival de música, no qual só poderiam se inscrever conjuntos sem experiência profissional... As diferentes etapas seriam disputadas em diversas capitais do Brasil, haveria uma grande semifinal em Porto Alegre e a finalíssima em São Paulo. O primeiro prêmio era um contrato para gravação de clipes que iam ficar no ar por um mês.

Junto com os outros, Homero e Bilac ouviram a notícia. Homero sentiu um aperto no peito: num artigo de tio Paulinho ficara sabendo que Caetano, Chico e Gil tinham se lançado num festival. Tinha sido há muito tempo, mas tinha dado certo. "Quem sabe não era um sinal este festival de agora?"

— Vamos lá, Poeta, com esse seu nome, seu jeito pra fazer letra, mais o meu som... Vamos lá!

Bilac, no começo, não queria nem ouvir falar. Mas sua recusa foi perdendo força. Sabia que levava jeito. Perto da banca do Carneirão, ainda em São Paulo, formava rodinha para ouvir os versos que ele inventava na hora. "Como era mesmo aquela que eu tinha inventado na primeira vez que saquei que nego se amarrava em palavras parecidas?"

Tiro o sarro, meu
O sarro da cara
Da cara dos caras
Dos caras de quem
Eu não vou com a cara...

— Vamos lá, Poeta!

— Que nada, Mero, vou nada! Gosto é de inventar na hora, vou sentindo aqui dentro, batendo com a mão e vai saindo da boca. Sem plano, assim quase sem querer...

— Taí, Poeta, vamos lá!

— Vai tu, Mero, te dou a maior força.

— Sozinho não dá, Poeta. E mesmo que desse não tinha graça.

Mais gente entrou na conversa:

— Vai ver o Poeta está com medo de perder...

— Tá arregando, Poeta?

— Medo nada, Mero, tu é que não sabe o que é medo!

— Não vem não, Poeta, pensa que é só você que tem medo? Todo mundo tem medo, Poeta. Medo de perder, então...

— Sem essa, Mero. Já não te disse que vou achar meu Caminho Novo que começa na Floresta das Água Grande? Já tô chegando mas é lá, meu...

— Quem é que sabe quando chega, Poeta? E ninguém chega pra sempre... Você não ouviu que *nada do que foi será de novo do jeito que já foi um dia?*

— Tá apelando, Mero, música tem sempre uma pra dizer o que neguinho não sabe ou não quer dizer.

— Logo você, Bilac, falando de não saber dizer? Todo mundo na tal reunião não curtiu a sua canção das histórias dos meninos daqui?

— É, parece que curtiu. Curtiu, Mero, mas foi diferente, meu. Todo mundo curte quando a música fala da gente. A gente sempre gosta do que fala da gente.

— Ah, Poeta...

— O caso é que tudo que a gente canta e gosta, gosta e canta porque parece um pouco a vida que a gente leva. Mas um palco, cara...! Não encaro!

— Encara, porra!!!

— Tô fora, mano!

O Padre Vítor largou o computador e entrou na conversa:

— Sabe, Bilac, tem um escritor que disse que quando a gente é a gente mesmo, a gente mesmo de verdade, sabe como é?, o que a gente fala da gente é como se falasse de todo mundo...

Catarina continuou:

— Bilac, você não lembra do que você contou da história do seu nome? Da história do poeta que fugiu de casa pra ser o que tinha nascido pra ser?

Bilac se levantou:

— Pô! Será que vocês não vão parar de pegar no meu pé?

A novela tinha começado. Choveram "psius" de todos os lados, e ele saiu da sala.

•

A noite caiu de todo sobre as dúvidas de Bilac: "E se eu topasse, porra?".

Os mosquitos da noite morna não tiravam a concentração do Poeta. Imagens rápidas e desencontradas de pedaços de sua vida passavam por sua cabeça: a saída de São Paulo, o baile do Rio, o incêndio na floresta, a chegada ao acampamento Cobra Norato, as longas conversas com Catarina, a avó que sabia pedaços de música que ele completava quando ela esquecia, o pai recitando versos, cantando as velhas músicas de Carnaval, e ele mesmo, quando a mãe era viva, contando de noite para os irmãos menores as histórias que a professora Eliana contava do nome de cada aluno. Inventava outras histórias do nome dos irmãos. Inventava e cantava.

Eles acreditavam e dormiam.

— É gostoso história. Ela continua dentro da minha cabeça, e eu sonho bonito — disse um dia um irmão menor, que tinha morrido logo depois.

Bilac voltou para a sala da TV. Assobiava baixinho. A novela estava no intervalo e a voz do locutor anunciava mais uma vez o festival de música. Ao anúncio seguiu-se o clipe de uma música gravada de um festival anterior. A letra da música dizia *meu canto para ser um canto certo/ vai ter que nascer liberto/ e morar num assobio...*

A garganta ficou seca e Bilac decidiu. Procurou Homero, que também tinha saído da sala:

— Meeeeero!

Homero apareceu com uma xícara de café na mão:

— Fala, Poeta! As estrelas já te inspiraram? Ou foram os mosquitos?

— Porra, Mero, não brinca! Acho que tu tem razão. Vamo tentar.

— Toca aqui, mano, toca aqui!

•

As providências começaram imediatamente. Uma delas era conseguir dinheiro para a viagem. Não tinha eliminatória na região Norte. A mais próxima ia ser no Recife. Padre Vítor contou a história no sermão de domingo, escreveu no jornal que Bilac representava todo o Cobra Norato e deu entrevista numa rádio.

Mas faltava a música.

Homero e Bilac repassaram tudo o que um e outro já tinham feito:

— Será que não dava para aperfeiçoar a quatro mãos alguma coisa antiga?

Não dava. Rodaram as fitas de Homero, apelaram para a memória de Bilac, conferiram a lembrança dos amigos, a opinião de Catarina, os palpites de Padre Vítor.

— Porra, não é que bem agora, quando tudo tava indo legal, a inspiração se foi?

Homero ironizou:

— Ô Bilac! Ô Olavo! Não vai dar uma força para o seu xará?

Num velho radinho esquecido ligado, logo depois dos acordes da Hora do Brasil que ninguém escutava, Bilac, de passagem, ouviu a notícia: um deputado federal pelo Rio Grande do Sul tinha proposto que naquele dia — 4 de agosto, data do nascimento de Raul Bopp — se homenageasse a mitologia amazônica, que Bopp tinha celebrado no poema "Cobra Norato"...

Bilac não esperou ouvir o resto:

— Catariiiiina!

Não esperou que ela viesse, foi atrás dela. Encontrou-a sentada no fundo do quintal, debaixo da mangueira, conversando com dois meninos:

— Catarina, tu já ouviu falar de um livro chamado *Cobra Norato*? E de um poeta chamado....

— Raul Bopp? Claro, Poeta. O nome do acampamento vem daí. Por quê?

— Porque, Catarina, justo na hora em que Mero e eu tava na pior, sem ideia nenhuma, um cara no rádio falou essa história, e me deu uma coisa aqui dentro, nunca tinha pensado, *cobra norato* é uma frase porreta! O que que quer dizer? Tu tem o livro?

— Ter, não tenho, Poeta. Mas consigo.

18

As grandes interrogações

Dois dias depois, Catarina chegou com o livro. Tinha conseguido um exemplar, mas precisou arranjar mais: depois que Bilac tinha começado, todo mundo queria saber a história que dava nome ao acampamento onde moravam.

— Sabe o que eu pensava?

— Não sabia que tu pensava! Tem certeza que tu pensa?

— Não enche! Eu pensava que *norato* era só nome de cobra, de uma dessas comum que anda por aí...

Socorro entrou na conversa:

— Já eu não. Achava que *norato* podia de ser o nome do antigo dono das terra, que podia de ter sido ruim que nem cobra...

No começo acharam o livro tão esquisito quanto o nome:

— Coisa mais sem pé nem cabeça, meu...!

— Será que neguinho não tava numa puta viagem?

— Maior embalo!

Mesmo sem entender, alguns gostavam. Bilac já sabia pedaços quase de cor. Homero gostou de tudo.

— Vê, Poeta, só ritmo, meu...

— Cada palavra porreta, hein?

No sábado, chegou um telegrama anunciando um fax para mais tarde: *Aprovado financiamento para projeto "Oficinas de Arte". Segue formulário e termo de concessão.* Quando a notícia se espalhou, o dia virou festa. A alegria era geral. Rolou cantoria animada, onde versos de Raul Bopp serviam de refrão. Bilac e Homero entraram no clima e à noite já tinham encontrado no livro de Raul Bopp inspiração para a música. A partir daí, os dois trabalhavam sem parar, ouviam palpites, experimentavam cortes, mas não ficavam satisfeitos: nada combinava com o refrão que tinham composto:

> *Me sumo*
> *Sem rumo*
> *No fundo*
> *Do mato*
> *Me aprumo*
> *No rumo*
> *Do prumo*
> *Das águas*

Ensaiavam.

— Tá legal?

— Tá nada! Tu não vê que não combina, porra!

Refaziam.

— Tá péssimo.

— É. Não dá mesmo...

Refaziam.

Ouviam a gravação.

Refaziam.

— Saco...! Nada a ver...

Homero era o mais nervoso dos dois:

— Poeta, você tinha razão. Não vai dar. Maior maré de azar a minha...

— Sem essa, mano Mero!

— Ah, mano!

— Fica frio, Mero, fica frio!

— Qual é, cara? Ficar frio? Qual que é a sua, Poeta?

— De repente vem, Mero, tu vai vê...

— De repente, Poeta?

— E na maior, Mero, eu sei...

— Na maior, Poeta? Pensa que eu não sei que outra noite você foi falar pro Lisandro que dava é frio na barriga só de pensar em cantar no palco, num auditório cheio de gente?

— Ah!, o panaca do Lisandro me entregou, né? Panaca safado!

— Entregou nada, Poeta, eu é que ouvi tudo. Tava sem sono, vocês tavam ali debaixo da mangueira e você disse que tava tão grilado que tinha pensado em se mandar. Pensa que eu não sei?

— Não vi que tu tava lá! Tava mesmo?

— Tava.

— Ouviu tudo?

— Ouvi. Ouvi também aquela outra conversa, que você acha que se aparecer na televisão vão te reconhecer, que você tem medo.

— Ah, Mero! É que não é contigo que os homem faz as conta, as bala vem é no rastro do mano aqui, meu...

— Agora eu é que digo, fica frio! Fica frio, Poeta. Em São Paulo é só a finalíssima. E a gente nem música tem ainda, você lembra? Esfria a cabeça, Poeta!

— Não dá, Mero, não dá!

— Dá, Poeta, dá. Esfria a cabeça e vem cá, que acabei de ter uma ideia...

No galpão, com guitarra e gravador, Bilac e Homero continuavam mergulhados no trabalho, limpando o som, temperando a voz. *Cobra Norato* ia ganhando corpo, inspirada no poema que dava nome ao acampamento. Mas volta e meia Bilac dizia para Homero que não adiantava:

— Pra São Paulo não vou de jeito nenhum, porra!

Catarina estava passando e ouviu a conversa: "Amanhã converso com ele..."

•

O dia seguinte era dia de Bilac ir com Catarina ao mercadão. Uma vez por mês faziam o rancho. Como Catarina conhecia todo mundo, sabia quem podia cobrar menos e quem podia dar de graça. O engradado de pintos doado pela cooperativa dos japoneses era a origem do galinheiro, e do casal de porcos tinha nascido o chiqueiro. Catarina ainda queria conseguir uma ou duas vacas, mas para isso era preciso um pasto onde soltar os animais. E por enquanto não tinha pasto nenhum.

Catarina guiava devagar e parecia distraída.

— Nunca perguntei se você pensa muito em São Paulo, Bilac. Pensa?

— Ô, se penso! Até sem querer, Catarina. Mas inda bem que São Paulo fica longe...

— Longe, Bilac? Eu não acho que fica longe.

— Eu é que saí pra longe, Catarina!

— Mas, mesmo que a gente saia dos lugares, os lugares às vezes não saem da gente, Bilac. E São Paulo é assim: pega na gente até o fundo do corpo...

— Comigo é diferente, Catarina...

— Diferente por que, Bilac?

— Porque tu pode ter saudade, porque tu pode voltar. Tu contou que tem irmão, tem sobrinho... Um dia tu sai daqui, Catarina. Mas eu não posso!

— Se quiser, pode, Bilac, pode...

— Posso nada, Catarina...

— Pode, Poeta, pode sim.

O silêncio dentro da caminhonete ficou espesso como o rolo de fumaça que, lá longe, denunciava uma queimada clandestina na mata. Catarina continuava guiando sem pressa, dirigindo a conversa com cuidado. Com o carro andando devagar, ficava cada vez mais quente dentro da cabina.

— A vida é curta no pó, Catarina...

Catarina sabia, e sabia também do frio que Bilac sentia na espinha cada vez que falava nisso. Ela também conhecia o frio gelado do medo. Tinha sido há muito tempo, mas a sensação de vida provisória, sempre de raspão pela morte, é lição que se aprende para sempre. Ela não se esquecia do arrepio na espinha e das garras geladas apertando a barriga. Mesmo ali, assando na caminhonete sob o sol, pensar no medo, falar do medo dava calafrio.

— A vida é curta sempre, Poeta.

— Mas fica mais curta se a gente marca bobeira...

— Mas agora não tem mais bobeira na sua vida, Bilac. Sua vida é só tempo seu.

— Ah! Tu sabe que as coisa que a gente vive pode descontar no tempo da gente...

— Mas Bilac...

— Não falei que os homem falou quando eu saí que inda tinha um serviço? Eu nunca sei quando eles vão aparecê de novo. Pois eles não apareceu lá no porto?

— Tem certeza de que eram eles, Poeta?

— Medo não precisa de certeza, Catarina!

O suor fazia as mãos de Catarina escorregarem da direção. Melava a nuca de Bilac e escorria pelas costas abaixo. Bilac estranhou que Catarina estacionasse a caminhonete:

— Que que foi, Catarina?

Com o carro parado, o ar ficou tão quente que parecia sólido. Apesar disso, um calafrio percorreu a espinha de Bilac. Curvando-se para o chão atrás do banco, Catarina pegou a bolsa grande de couro marrom. Tirou de dentro um maço de papéis presos por um elástico. Eram reportagens e documentos que contavam uma história de brigas, divisão e extermínio completo de grupos rivais do narcotráfico.

Era dessa história que Bilac era uma parte muito pequena.

A briga de cartéis tinha repercutido com violência no Brasil. Tirou sangue de alto a baixo no mundo da droga, e muita gente morreu sem saber por qual cartel estava morrendo. Muita gente ficou mutilada, sem saber na conta de qual cartel ficava a mutilação.

Essa era a história de que Bilac tinha participado, como tanta gente, sem conhecer o enredo completo. Era esse enredo que vinha no maço de jornais e nos papéis que Catarina tirou da bolsa marrom. Junto com os recortes de jornal, faxes e muitas folhas datilografadas, com assinaturas e carimbos. Algumas fotos, alguns mapas.

Com o braço direito abraçando os ombros de Bilac, Catarina passou-lhe a papelada:

— Olha, Bilac, está aqui. Seu tempo tá aqui. Você tem muito tempo. Está tudo aí. Teve um acerto de gangues interrompido por uma batida da Polícia Federal junto com o Exército. Eles foram pelos ares, os traficantes. Quase todos mortos numa explosão que acabou com casas, carros, um helicóptero e uma grande área da floresta. Direitinho como você contou... Encontraram na floresta a madeireira que funcionava como fachada deles. Aliás, de algum deles. Aqui tem, contado por inteiro, tudo o que você já sabe, ou que você já sabe um pedaço. Tá tudo aí, dá pra encaixar direitinho a sua história...

— Catarina...

— Você tá limpo, Bilac, nem sabiam seu nome, nem sua cara... Como eu disse, você tem sua vida inteira de volta. Pega ela e te cuida, Poeta...

O chão da caminhonete afundava sob os pés de Bilac. Havia uma neblina na frente de seus olhos, e um anel frio apertava sua barriga. O sol tinha se escondido atrás de uma nuvem.

— Catarina...?

A mão crispada de Bilac segurava o maço de papéis de diferentes tamanhos.

Bilac estava quase chorando.

— Ah, Catarina, isso é história de televisão. Só em filme, Catarina. Como é que falaram quando eu contei minha história? Que final feliz é coisa de novela, Catarina. Lembra da música que fala *quem é do chão não se trepa...*?

— Sem essa de chão, Poeta. Dessa vez a música tá errada.

Ambos choravam abraçados.

O sol tinha reaparecido, saído de trás da nuvem. Do lado de fora do carro, o calor apressava os pedestres, que não prestavam atenção naquele abraço molhado de lágrimas.

— Mas, Catarina... que que eu posso fazer se tem uma bala e um papelote sempre me esperando? Posso fazer alguma coisa, Catarina?

— Agora nem precisa fazer, Poeta. Tá tudo feito. Tira o elástico, pega a papelada e leia o resto da sua história...

— Ah, Catarina!

A voz de Bilac tremia. As mãos também.

As mãos tremiam tanto que ele acabou derrubando o maço de jornais no chão da caminhonete, quando Catarina deu partida e virou à esquerda, em direção ao mercadão. Demorou para que as mãos de Bilac reunissem os papéis e sua cabeça deixasse a caminhonete rodando em direção ao Mercado e fosse viajando de volta às ruas e às gangues de sua distante, bem-amada e tão temida São Paulo.

19

Outras peças do quebra-cabeça

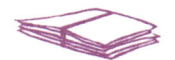

Bilac ainda estava lendo quando Catarina parou a caminhonete e desceu, dizendo que dessa vez fazia o rancho sozinha.

— Fica lendo, Poeta. Mas é melhor sair do carro. Aí dentro vai derreter. Você e a papelada. Tem um banco bem ali...

Mas ele não ouviu.

Lia como num sonho, com a cabeça envolvida num nevoeiro, a garganta ardida, os olhos às vezes embaçados de lágrimas. Lágrimas de raiva, lágrimas de alívio. Era uma história feia como todas as histórias da droga.

Até um ano atrás, o tráfico paulista era comandado por um cartel oriental. Pouco conhecidos, os chineses tinham um testa de ferro: Zezito. Antigo delinquente de pequenas infrações, conseguiu organizar uma rede de distribuição, arregimentando a molecada das ruas. Até então, ninguém tinha pensado nisso. Com as atenções da mídia e da polícia voltadas para o cartel latino-americano, os chineses tinham vida relativamente fácil. Eram senhores de São Paulo inteira. Não faltavam menores para o dia a dia do tráfico. Sobravam crianças de rua. Uma a mais, uma a menos, quem se importava com elas? Bancas de jornal, casas lotéricas, pipoqueiros e vendedores de bilhetes de loteria passavam recados e encomendas. Os de mais confiança passavam o dinheiro. Era dinheiro grosso. Até que chegaram os latino-americanos. Eles chegaram para valer. Começaram propondo uma divisão de territórios. Eles levariam os chineses para as favelas cariocas e, em troca, ganhariam territórios paulistanos. Os chineses não quiseram conversa. A resposta não tardou: eles metralharam, numa mesma tarde, uma quermesse, um jogo de futebol, uma igreja e um supermercado.

"Só para avisar que não estavam brincando", como dizia o folheto jogado no local, depois de metralharem a igreja e que estava clipado aos papéis que Bilac leu naquela Manaus ensolarada.

O pastor tinha sido forçado a ler uma mensagem deles na igreja, no sábado seguinte: *senão tem mais presunto pra teu Senhor Jesus recolher, reverendo.*

O tiroteio não parava.

A partir daí, ninguém mais teve sossego. Uma turma caçava a outra. As chacinas se sucediam. A polícia estava zonza. Cada grupo deixava pistas que conduziam aos quadros do adversário.

Geraldão, que pertencia ao comando carioca do cartel latino-americano, teve uma ideia de gênio: cada vez que descobria codinome ou apelido de alguém do outro lado, dava o mesmo nome a um de seus quadros. Informações começaram a ser passadas para pessoas erradas. Roteiros perdidos, endereços furados. Só as balas tinham endereço certo, e muita gente morreu. Geraldão não hesitava em sacrificar seus homens, se isso representasse perdas para o adversário. Afinal, quem se importava se um tal de Carneirão amanhecia morto num carro carbonizado no Morro da Tijuca? Tinha sempre outro para substituir...

Certos nomes passaram a equivaler a uma sentença de morte. Geraldão sabia disso, mas não hesitou em chamar um de seus homens de Chico-Pé--de-Osso, outro de Poeta, outro de Papelote. Chico--Pé-de-Osso, chefe do Morro do Castelo, amanheceu uma manhã estrangulado na Praia do Pepino. Seus homens não gostaram da história: Chico-Pé--de-Osso patrocinava uma escola de samba e ia conseguir um posto de saúde para a comunidade. E foram atrás de Geraldão. Pé-de-Osso era também o nome de um traficante paulista que tinha sido fuzilado por entregar os companheiros. Veio a informação de que Geraldão estaria num baile em Niterói. Invadiram a festa, mas ele escapou. Mataram o baterista, um casca de ferida, como dizia o traficante que deu uma entrevista, que constava num dos muitos artigos de jornal que estavam na papelada que Catarina deu a Bilac.

No carro, banhado em suor e em lembranças, crescia o ódio de Bilac por Geraldão.

Na praça carioca, a vida de Geraldão não valia mais nada. Tinha traído seus homens, não tinha perdão: estava jurado de morte.

Era só uma questão de tempo.

Mas ele era um bom quadro exatamente porque era implacável. E os homens o transferiram do

Rio de Janeiro para Manaus. Além de porta de entrada da droga e centro internacional de refino, uma rede fina para distribuição local começava a ser necessária.

Bilac ia lendo sem parar. Muitas das informações que Catarina tinha reunido não faziam o menor sentido para ele. Mas ele lia tudo compulsivamente. Alguns papéis eram xerox muito apagados. Era tudo um imenso quebra-cabeça, do qual ele só conhecia algumas peças. Um quebra-cabeça do qual ele tinha sido uma peça.

No maço de papéis, a cópia de um processo que investigava o envolvimento de policiais com o tráfico mencionava o fuzilamento de um traficante, no Recife, quando ele estava sendo levado para uma acareação com policiais suspeitos de conivência. Era homem de confiança de Juanito Echeverria, um dos chefões do cartel latino-americano.

A morte do traficante tinha feito cair um secretário de Segurança e vários delegados de polícia. E tinha gerado uma sangrenta queima de arquivo em outros escalões. Uma CPI — que Bilac não sabia exatamente do que se tratava — tinha pedido o *impeachment* do governador. "Era isso a história que Homero contou!"

Bilac lia de um fôlego. Às vezes ficava tonto com tantos nomes, tantos lugares.

Não tinha paciência para voltar atrás e ler de novo o que não entendia. Na sofreguidão de virar as páginas, deixava às vezes cair algumas. Mas mesmo sem entender detalhes, a história de sua vida ia se encaixando naquela papelada. Era como uma peça de teatro. Ele só tinha conhecido as suas próprias falas, e só agora ficava sabendo o papel que representava.

Nas cópias das fichas policiais, retratos imprecisos. Via-se que as fotos originais eram muito antigas e ruins. Nenhuma era de Bilac. Em algumas ele acreditou reconhecer certos rostos. Mas não tinha certeza. As fichas registravam a pena a que cada um havia sido condenado. Registravam também o nome dos foragidos e de muitos mortos. *Óbitos*, diziam os documentos. *Mortos*, diziam as reportagens. Como Geraldão, morto quando polícia e Exército, numa operação conjunta, invadiram uma fazenda de refino a duzentos quilômetros de Manaus. Era a base de operação de um terceiro cartel, da Nigéria. Muito poderoso, o cartel nigeriano tinha, num primeiro momento, se aliado aos chineses, para fazer frente ao cartel latino-americano. Mas, na aliança, tinha ficado com a parte do leão.

Bilac não conseguia parar de ler. Era a *sua* história. "Como é que pode, meu, eu, lá no meio de tudo, sem sacar nada, só entendendo agora, que estou fora? Como é que pode? Então tem lado de fora?"

Estava chegando ao fim do maço de papéis. Os últimos artigos falavam de um enfrentamento decisivo entre a polícia e o tráfico. As fotografias pareciam cenas de filme: helicópteros, a floresta em chamas.

A polícia paulista, numa ação conjunta com a Polícia Federal, tinha obtido informações precisas. Uma fotografia de satélite, decodificada e transcrita pelo Exército, localizara com precisão uma fazenda de refino na Amazônia. A operação tinha sido cuidadosamente planejada. Começou pela prisão simultânea de vários escalões médios de diferentes capitais brasileiras. Através deles chegaram aos responsáveis pelo transporte de folhas para os locais de refino. *Seguiram-se batidas rigorosas em toda a extensão da fronteira noroeste do Brasil, o que levou à captura de equipes e veículos que transportavam folhas e solventes.*

A matéria de jornal mencionava a quase captura de uma Kombi que transportava folhas de coca para uma fazenda de refino. O repórter responsável pela matéria, que acompanhou a patrulha que interceptou a Kombi, tinha ficado impressionado: a manobra suicida do motorista tinha despistado os agentes federais. Mas o cerco aos traficantes se fechava e a operação final já estava nos últimos acertos. *Operação de envergadura transcontinental*, como dizia uma legenda da foto dos helicópteros sobrevoando a floresta em chamas.

Com recursos e infraestrutura quase ilimitados graças ao auxílio de outras polícias do continente, tinha sido possível planejar e levar a cabo o ataque aéreo a uma ampla área da Floresta Amazônica, onde se presumia estarem as instalações de refino e os depósitos. Com apoio de uma rede de comunicações impecável, inclusive com faixa exclusiva num satélite, foi deflagrada a operação final que, em código, era denominada Operação Talita.

A imprensa foi chamada a acompanhar a etapa final, e a matéria do jornal a respeito do assunto era longa e detalhada. Bilac devorava os detalhes. "E depois do fogaréu e dos tiro?"

O ataque aéreo precedeu a invasão dos refinos dispersos pela floresta. Era preciso garantir o controle vi-

sual para as manobras terrestres e de saída já produzir o maior número possível de baixas no inimigo. A meta final era a destruição completa das instalações de refino e a prisão de todos os que nelas se encontrassem.

O jornal também trazia uma entrevista com um professor da Universidade da Amazônia, que apontava os imensos prejuízos ecológicos que a operação acarretara: quilômetros e quilômetros de mata incendiada, quilômetros e quilômetros de terra contaminada pelo combustível usado para atear o fogo. Bilac lembrou-se da fome que passara durante a fuga: "Aquelas frutas, querosene puro... ou era gasolina?".

A história chegava ao último capítulo com a entrada da polícia e do Exército na sede dos refinos. Mas as prisões acabaram se realizando em dimensão muito inferior à pretendida. Nos refinos vazios, apressadamente abandonados, ainda com as cinzas quentes dos papéis queimados, apenas alguns cadáveres receberam soldados e policiais.

Na fazenda da Madeireira Santa Lúcia — onde Bilac trabalhava — foram encontrados seis corpos abatidos com tiros na nuca e com a ponta dos dedos raspada, processo clássico para impedir seu reconhecimento. Exames posteriores permitiram o reconhecimento dos corpos, mas o jornal não revelava a identidade dos mortos.

Bilac se perguntou quem seriam: "O Belisário, acho que era um".

Era o fim da história de que Bilac fazia parte.

Bilac sabia que era verdade. O que ele não sabia, porque o jornal não mencionava, é que o fogo e as rajadas que quase o tinham liquidado tinham liquidado Geraldão, em outra fazenda de refino.

O jornal registrava ainda o encontro de um cadáver totalmente carbonizado ao lado dos seis corpos fuzilados, cuja identidade não havia sido possível determinar. As suspeitas eram de que fosse Juanito Echeverria. Ninguém conhecia a aparência de Juanito: os comandos vinham sempre por telefone, com senhas que o identificavam para seus subordinados. Corria o boato — e Bilac também tinha ouvido a respeito — que ele se misturava, anônimo, a seus comandados. Também corria o boato que ele estava nos arredores da Fazenda Santa Lúcia por ocasião do ataque das forças federais. O que intrigava a polícia é que não tinha sido possível encontrar o helicóptero de fabricação coreana de uso particular dele e que, segundo as mesmas fontes, era mantido sempre abastecido e em condições de decolagem imediata.

O jornal sugeria que Juanito poderia ter escapado ao cerco. E reforçava a discussão sobre os prejuízos ambientais causados pela operação.

Mas Bilac já não lia mais.

Os olhos, que abandonaram o parágrafo que discorria sobre as lutas de movimentos ambientalistas pela implementação imediata de medidas para a recuperação da mata nativa, eram olhos de outra pessoa.

Eram olhos de um Bilac que começava a acreditar que podia ter um futuro seu.

20
De novo à beira-mar

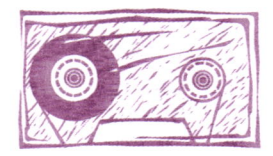

Na tarde do domingo, antes de viajarem, Bilac e Homero fizeram um último ensaio no adro da igreja. O ensaio virou festa com bingo, rifa, churrasco, baile no clube de futebol, pedágio na frente da Escola Técnica. Tudo para conseguir dinheiro para a participação de Homero e de Bilac no festival. O dinheiro chegou e era hora de celebrar. Tinha todo tipo de gente na festa de despedida:

— Aqueles lá é do Som Muiraquitã, que emprestou gravador e mesa de edição para o *playback*.

•

Primeiro num barco, depois no ônibus para o Recife, a guitarra e o gravador foram junto com eles. No pescoço e nos pulsos, os muitos amuletos, santinhos e patuás que os amigos trouxeram na despedida. No pescoço de Bilac, a velha guia de Oxóssi que o acompanhava desde a Bahia. Na cabeça, o sonho. Falaram pouco durante a viagem. Emoção pura. Não dava para conversar.

Nos bolsos, documentos e o dinheiro, que tinha sido dividido entre os dois. Não adiantou Homero querer pagar a sua parte e deixar o dinheiro arrecadado para Bilac:

— Nada disso, Mero! A grana foi pros dois, e é assim que vai ser. Desta vez tu vem que nem pobre, viajando comigo. Certo, mano bacana...?

Naqueles dias, nada irritava tanto Homero quanto lhe dizer na cara que ele era rico. Irritava Homero e azedava a discussão.

— Tá bom, Poeta, tá bom. Mas corta essa de bacana. Que merda, pô...!

Nas paradas do ônibus, desciam para tomar café e esticar as pernas. Numa dessas vezes, atrás do posto, paralelo à estrada, um capinzinho ralo, seco e amarelado alimentava o gado magro. Um boi levantou a cabeça, olhou para longe e soltou um berro demorado, que ficou ecoando no ar. Encarapitado na porteira da cerca, um menino roía um pau de cana.

Homero pensou que a cena era boa demais para um clipe.

A melancolia do mugido do boi contagiou os dois, já amolecidos pela emoção e pelo cansaço. Recife era muito longe. O festival era muito importante. Talvez a coisa mais importante de suas vidas. "Podia não dar certo. Era o mais fácil. Mas e se desse? Aí é que ficava difícil", pensou Homero. O ônibus corria e as respostas não vinham. Na cabeça de cada um, recordações e sonhos se misturavam aos solavancos. A estrada era longa, e em alguns trechos havia pontes muito precárias, que cruzavam rios secos há meses. A zeladora da Escola Técnica tinha avisado:

— As ponte enfraquece com a seca, a terra vira farelo, não sabe? Aí precisa todo mundo descer, cruzar a ponte a pé e esperar outro ônibus do outro lado. Às vez atrasa...

Mas desta vez não atrasou.

•

Era noitinha quando chegaram no Recife. As luzes se acendiam e os anúncios luminosos punham reflexos coloridos no Capibaribe. Iam ficar alojados na Casa de Santiago, pousada arranjada por Padre Vítor. Encontraram quarto arrumado, cama feita, mesa posta.

— Chegamos, Poeta!

— É, Mero.

Peixe, bolo de fubá, água de coco. E redes na varanda do fundo, o que fez Homero lembrar a última vez que tinha estado no Recife. "Será que ainda sou eu mesmo?" Na outra rede, Bilac cismava — estava de novo perto do mar, que punha no vento aquele cheiro salgado: "O mar do Recife será o mesmo da Bahia? Será que passava por ali o Caminho Novo da Floresta das Água Grande de Mãe Pretinha?".

No dia seguinte de manhã seria a seleção preliminar. Depois, o sorteio da ordem em que os candidatos se apresentariam à noite. Precisavam estar no estúdio às oito e meia. Bilac levantou da rede:

— Tem que estar lá bem cedo, Mero. Tô indo dormir...

— Quem é que dorme hoje, Poeta?

Mas dormiram. Bilac acordou com o sol ardido batendo na cara, e pulou da cama:

— Acorda, Mero. Perdemos a hora!

Homero sentou na cama e olhou o relógio:

— Que nada, Poeta, fica frio... o relógio nem tocou ainda...

— Pô, vai vê ele parou, Mero. Não vê esse solão?

Homero examinou o relógio — o ponteiro dos segundos rodava direitinho, o que assegurava que funcionava perfeitamente. Mas Bilac estava aflito e saiu atrás de outro relógio. Achou um na cozinha, que confirmou que era cedo. O que nem ele nem Homero tinham percebido é que, em Recife, o sol madruga. Só ficaram sabendo mais tarde, quando chegou Filó, a encarregada da limpeza:

— É, filho, quem não tá habituado, acha sempre que é mais tarde. Mas depois acostuma...

Foram para a TV de táxi. Era um prédio grande e na portaria havia uma multidão: rostos excitados, braços carregando amplificadores, guitarras, gravadores. A rua estava lotada. Por entre gritos da torcida, carros descarregavam enormes instrumentos e caixas de som. Sem torcida, Bilac e Homero chegaram sozinhos e sozinhos ficaram, depois que pegaram a senha. Leram no papelucho: *Cobra Norato, n.º 29.*

— Será um número legal?

— Acho que é: vê que se tu tira dois de nove fica sete: sete é número mágico...

— Mas se você faz nove mais dois fica onze: onze é número de sorte?

Sentaram num banco do saguão e encostaram guitarra e gravador na parede. Demorou muito tempo para chamarem o número 29. Quando chamaram, Homero e Bilac foram encaminhados para um estúdio, onde tocaram a fita duas vezes. Primeiro para uma mulher jovem e magra, de óculos sem aro, vestida com uma túnica indiana, que fazia perguntas:

— Já fizeram apresentação profissional? Apareceram na TV? Em programa de calouros? Tinham gravado alguma coisa? Estudam? Trabalham?

Depois vieram outra mulher e um homem grisalho e careca no alto da cabeça, com os fiapos dos cabelos acinzentados amarrados num rabo de cavalo. Bilac e Homero tocaram a fita pela segunda vez e responderam a mais perguntas. Os três pareciam ouvi-los com atenção. O homem de rabo de cavalo ouvia a fita com os olhos fechados, recostado na cadeira. Quando a gravação parou, ele abriu os olhos, endireitou-se na cadeira e fez um sinal com a cabeça para a mulher de óculos. A música tinha sido aceita. Estavam selecionados para a apresentação. Preencheram a ficha de inscrição e receberam o número 7: seriam a sétima apresentação da noite.

— Não disse que era número de sorte? Deu sete!

Na rua, os abraços e risadas dos selecionados misturavam-se com o silêncio dos desclassificados, que empacotavam o desencanto com a parafernália que tinham trazido. Homero e Bilac estavam também silenciosos, sozinhos na grande alegria de terem se saído bem na preliminar.

Os instrumentos ficavam no estúdio.

•

Na Praia da Boa Viagem, onde a água do mar se filtrava verde pelos arrecifes negros, Bilac e Homero lavaram a alma e o sonho. Bilac ficou na beira, lembrando de Quincas e de Iemanjá. Homero foi mais para o fundo. Os dois estavam em paz. E foi em paz que eles chegaram à pousada, felizes e quietos, na cumplicidade do silêncio que só amigos muito especiais podem dividir.

A alegria só arrebentou em gritos, abraços, risos e lágrimas à noite quando, com o entusiasmo da torcida, *Cobra Norato* foi classificada. Já a primeira estrofe tinha levantado as arquibancadas:

Me sumo
Sem rumo
No fundo
Do mato.
Me aprumo
No rumo
Do prumo
Das águas

A façanha seria repetida duas semanas depois em Belo Horizonte.

Também lá, sem torcida organizada, mas com Padre Vítor nas arquibancadas: ele tinha vindo e com ele vinha o abraço e a energia da turma toda do Cobra Norato.

21

O tio que foi para longe

Em Belo Horizonte fazia frio: o ar era fino, o sol brilhava e o céu tinha uns fiapos de nuvens brancas que acentuavam a palidez do azul. A produção do concurso tinha alojado os concorrentes num hotel novo, recém-inaugurado, no prédio mais alto da Savassi. Homero e Bilac tinham chegado na véspera e haveria ensaio naquele dia. A apresentação do *Cobra Norato* seria na noite seguinte.

Era fim de tarde e Homero, no quarto do hotel, tentava tirar no violão um acorde da música dos Balaiobaios. Estava distraído, mergulhado no som, e levou um susto quando a portaria do hotel ligou e disse que estavam perguntando por ele.

— Quem é?

— Um moço. Não deu o nome.

Homero deixou o violão na cama e desceu. Quase não reconheceu o irmão Ciro, vestido com roupa de couro preto e a cabeça rapada. O estranhamento foi mútuo e embaraçoso. Ficaram se olhando, sem gestos. Depois de segundos, que pareceram horas, falaram ao mesmo tempo:

— Oi!

E se calaram.

Homero quebrou o novo silêncio:

— Aconteceu alguma coisa com a mãe, Ciro? Que que foi?

— Não foi nada, Mero. Não aconteceu nada. A mãe tá legal, a vó tá legal...

— Você... você tá tão diferente, Ciro. Que que houve?

Ciro não disse nada, e Homero, de novo rompendo o silêncio, fez, à queima-roupa, a pergunta que lhe queimava a garganta:

— E que que você tá fazendo aqui, Ciro?

Depois tentou atenuar sua rispidez:

— Aparecer assim, de repente...

— É que o tio Peter...

A voz de Homero subiu, ficou alta e áspera:

— Corta essa, Ciro! Não vem me dizer que o tio ainda tá no meu pé e te mandou me buscar! E você veio! Me mandei, mano, não percebeu?

— Não é nada disso, Mero. O tio é que se mandou...

— O tio Peter? Como assim, se mandou?

Atrás do balcão da portaria, o *boy* desviou o olhar da televisão, em que assistia ao treino do Cruzeiro, e não disfarçou que tinha olhos e ouvidos nos dois irmãos. Homero e Ciro saíram do hotel. A conversa seria comprida, tão comprida como a avenida Afonso Pena. Caminharam distraídos e acabaram sentados num banco da Praça da Liberdade. Nem repararam na beleza dos prédios antigos e do jardim bem-cuidado.

Era uma história longa e quase inacreditável.

Fazia algum tempo que o tio se mostrava estranho, com hábitos novos: começou a usar perfume, comprou camisas de seda e gravatas claras. Pintava o cabelo, e tentava disfarçar a careca. Aparecia cada vez menos na casa da irmã, e estava sempre distraído... Não demorou e começou a correr no escritório o boato de que o dr. Peter estava de caso com Tânia, a carioca que vendia produtos de beleza e bijuteria. Falavam pelas costas, riam do velho:

— Diz que o velho tá gagá mesmo!

A carioca contava a todo mundo as intimidades dos dois, e que ele lhe prometera um apê de luxo. Ciro ficou sabendo da história pela secretária do tio. Ela ficara indignada no dia em que o chefe a repreendera por ela não ter deixado Tânia esperá-lo sozinha, no escritório. Ciro não sabia o que fazer, e não queria preocupar a mãe:

— Podia ser só fofoca, ciumeira de funcionário, sabe como é? Mas não era.

A fofoca foi crescendo. Ciro reparou que a carioca não vendia mais nada, vinha cada vez menos ao escritório, e quando aparecia ficava na portaria, de prosa com funcionários. Andava bem vestida, bem penteada, anel no dedo e corrente de ouro no pescoço. Uma vez Ciro a viu chegar dirigindo um carro importado.

— Aí, Mero, não deu mais pra segurar...

— E que que você fez, Ciro?

— Ainda tentei segurar, tentei falar com o tio. Mas não deu. Aí...

— Aí...?

— Aí falei com a mãe, Mero, não tinha outro jeito.

— E ela?

— No começo, ela não acreditou. Achou que era armação.

— É, a mãe é assim. Nunca acredita no que não gosta...

— Mas depois, quando acabei a história, você sabe, ela começou a torcer as mãos, chorou um pouco. Aí, aí que ela fez a maior besteira...

— Que besteira, Ciro?

— Foi falar com o irmão...

— Com tio Peter? E ele?

— Ele disse que não era da conta dela, gritou com ela...

— Não acredito, Ciro! Que filho da puta! Gritar logo com a mãe, que defendia tanto ele...

— Aí eu entrei em cena e disse que era muito da conta da família sim, que todo mundo ficava falando dele pelas costas...

— E aí?

— Aí ele veio pro meu lado, dedo no meu nariz. Achei que ia me encarar. Mas acabou brigando de novo com a mãe.

— Bem que eu nunca topei o filho da puta! Mas você Ciro, você era *assim* com ele...!

Surpreendia Homero a mudança completa do irmão: mudança por dentro e por fora:

— Ciro, você era *assim* com ele, ajudava ele a me esnobar... — repetiu Homero.

— Pra você ver, mano, mudei...

— Deixa pra lá, Ciro... E daí?

— Daí eu encarei ele, Mero, encarei mesmo.

— Encarou, Ciro?

— Encarei. Sabe, Mero, desde que você se mandou que eu comecei a pensar um monte de coisa. Mas aí, nesse dia, ele avançou pra mim. Acho que queria me dar porrada, sei lá! Mas eu encarei mesmo ele, ele ficou puto da vida, brigou de novo com a mãe, falou que ela só tinha filho mau-caráter, um frouxo e outro dissimulado, que ninguém tinha de dar ouvido a funcionários...

— Frouxo! Ele vai ver quem que é frouxo...

— Difícil ele ver qualquer coisa, Mero. Ele saiu batendo a porta e ninguém nunca mais soube dele...

— Não acredito!

— Pois é, Mero. Barra foi a mãe. Começou a dizer que estava passando mal, e estava mesmo. Ficou branca, sentou no sofá. Aí foi aquela zoada. Teve que chamar o dr. Fílbert.

— E aí?

— Aí ela foi pro hospital: crise cardíaca, você sabe. Lembra quando o pai morreu?

Homero não sabia que Ciro se lembrava.

— Poxa, Ciro...

— Então ela foi melhorando, mas o dia seguinte inteirinho tive de ficar com ela no hospital. Ela teve de fazer uma porção de exames, você sabe como a mãe é com coisa de doença, tem sempre que ir alguém com ela, ficar com ela...

— Mas ela tá legal, Ciro?

— Tá sim, Mero, tá legal.

Ciro continuou a história. Dois dias depois, quando voltou ao escritório, ficou sabendo que o tio não tinha mais posto os pés na firma. Mais tarde, um telefonema do gerente do banco lhe informava que a transferência dos dólares que o dr. Peter solicitara já tinha sido feita, e que as ações que estavam em carteira tinham alcançado bom preço na Bolsa, naquela manhã:

— O dr. Peter pediu sigilo, Ciro, você desculpe — prosseguiu o gerente. — Sei que você não tem nada a ver com o setor financeiro, mas não consigo falar com ele, e preciso saber como cobrir a folha de pagamento, que cai amanhã...

Foi só então que Ciro percebeu a extensão do que o tio tinha feito. A princípio, não acreditou, depois foi ficando cada vez mais furioso. Convocou imediatamente uma reunião da diretoria e outra dos acionistas.

— O tio, Mero, tinha se mandado com a grana toda...

E Homero, naquele banco de praça da cidade mineira, ficou sabendo que quase tinham perdido a empresa, e que ainda deviam muito dinheiro a vários bancos. Só não faliram porque um velho amigo do pai — o comendador Pierino, industrial na Itália — tinha dado uma mão, entregando para a Pastrini a representação de sua indústria. Com isso puderam sair do sufoco.

— Poxa, Ciro, e eu sem saber de nada...

— É, Mero, mas a gente ficou sabendo de você! Tá ficando famoso, mano...

— Ah!

— E vim torcer. Mas que história é essa de *Cobra Norato*? Você ligou uma vez pra mãe, mas ela não entendeu muito direito...

Foi a vez de Homero contar a história comprida do documentário, dos gringos, das viagens, do projeto na Amazônia e do festival. Quando acabou, a noite caía na praça, recortando a silhueta dos edifícios contra um céu que se fazia negro. Homero e Ciro voltaram ao hotel.

No caminho, Homero se lembrou:

— Poxa, Ciro, esqueci! Tinha ensaio hoje! O Poeta deve tá pê da vida...

Bilac estava mesmo furioso, mas a bronca se dissolveu quando ouviu a história. Os três estavam saindo para jantar quando avisaram da portaria que havia alguém procurando por eles. Bilac brincou:

— Será que tem irmão meu me procurando também?

Era o Padre Vítor, que tinha vindo sem avisar.

Na conversa, durante o jantar, Ciro ficou sabendo que o irmão estava em dúvida se voltaria para São Paulo. Tinha o convite de Bill para passar um tempo nos Estados Unidos, ou podia ficar no Cobra Norato, onde parece que iam inaugurar uma oficina de música.

22

Com uma luva de eletricista

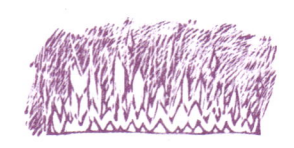

Semifinal em Porto Alegre, Estádio Beira-Rio entupido de gente. Congestionamento em todas as ruas próximas, filas de pessoas procurando ingresso. Cambistas à solta. Polícia e ambulância na porta. Adrenalina a toda!

— Quem tu acha que leva?

— Os Xi-Mangos, tá na cara! Tão em casa...!

— Ah, meu! Levam nada... Não tô nem aí pra eles!

— Levam, chapinha, levam...

— Os Pau, Listas e Trapos tão cem pra cima!

— Nem levantou a galera, meu. Tão é com nada!

— Levantou a moçada, sim! Tu é que não viu...

— Viu o quê, meu? Lixo puro! Aquela história de cavalo e cavaleiro não tá com nada, meu, nem é *country* nem nada!

A conversa acontecia no meio da gritaria das torcidas, que competiam com os alto-falantes. Os decibéis estouravam os ouvidos. Nos quatro cantos do estádio, telões mostravam clipes de outras etapas do festival. Cada vez que uma das dez câmeras varria a torcida, levantava uma onda de ôôôôôs...

Nos vestiários improvisados em camarins, a tensão não era menor.

Os Balaiobaios do Maranhão discutiam:

— Tá porreta nosso índio, meu irmão...

— Mas será que o Deco segura o baixo?

— O Deco segura. Vê mesmo é se tu não desafina na hora do coro falado... Lá no ensaio de São Luís, se não fosse o Deco segurar a barra...

Sou bravo
Sou forte
Sou filho do norte
Meu canto de morte
Guerreiros ouvi

Um magro cabeludo chamado Gonça interferiu para acalmar os ânimos:

— Ô gente boa, vamos parando, ficando por aqui, irmãozinhos!

— É isso! Tem que brigar é com os outros...

Deco espichou-se na caixa de som, cruzou os braços embaixo da cabeça e fechou os olhos. Fez que não queria saber de mais nada.

De repente, sem nenhum aviso, as luzes piscaram uma vez, ganharam um brilho mais intenso, depois foram empalidecendo aos poucos até que se apagaram de todo. Junto com as luzes, o som das caixas transformou-se num longo gemido descendente, morrendo na escuridão que se instalou no estádio.

No véu negro que engoliu a movimentação agitada e nervosa, as vozes da arquibancada foram cortadas por assobios que voavam.

— Porra! Que que foi?

— Uhhhhhhhhhh... Uhhhhhhhhhhhhhh...
Uhhhhhhhhhhhhhhhhhhhhhh...

Alguns isqueiros se acenderam. As chamas pequenas e trêmulas aumentavam a escuridão.

— Tira a mão, meu... Que que tá pensando?

— Ai, meu Pai! Onde que eu larguei a bolsa?

Rafaeeeeeeel!!!

Os alto-falantes não funcionavam. Alguns músicos tiravam acordes impossíveis das guitarras. Arranhavam o escuro, feriam os ouvidos.

— Puta merda! Cadê o Juliano? Tá contigo, tia?

— Tá não, Rachel! Pensei que tava era contigo...

— Juliaaaaaaaaaano! Juliaaaaaaaaaano!

A galera rebatia:

— Ju-li-a-no-Ju-li-a-no-Ju-li-a-no!

Alguém da comissão organizadora tinha conseguido lanternas e um megafone antigo:

— Todos nos seus lugares! Calma! Calma, por favor! Nossos técnicos...

— Ju-li-a-no-Ju-li-a-no-Ju-li-a-no!

— Juliaaaaaaaaaaano! Tia, como é que a gente vai fazer pra achar ele? Juliaaaaaaaanno...!

— Ai, meu Deus!

— Ju-li-a-no! Ju-li-a-no! Ju-li-a-no!

— Juliaaaaaaaaaaaano! Juliaaaaaaaaaaano!

Do lado esquerdo do palco, começou o coro de uma torcida:

— *Ei, ei, ei, Xi-Mango é o nosso rei!*

— ... Nossos técnicos em minutos terão consertado o defeito nas instalações elétricas... São só alguns minutos... Precisamos da colaboração de todos... Mantenham-se em seus lugares, por favor...

Um grupo de paulistas não tinha gostado da provocação gaúcha:

É na letra
É no som
São Paulo São Paulo São Paulo
São Paulo São Paulo é o bom

— Qual é, meu? Eta gauchada besta!
— Besta e bicha!
— Que que tão pensando?

É com trapo
É com lista
É com pau
São São São Paulo
Faz gaúcho comer mingau

O coro aumentava. Cada grupo provocava outros, todos provocavam todos. Alguém pôs fogo numa folha de jornal e o balão incendiado subiu. O pânico foi geral:
— Apaga... Apaga...
— Ju-li-a-no-Ju-li-a-no-Ju-li-a-no!
— Quem que foi o filho da puta?
— Ju-li-a-no-Ju-li-a-no... Ju-li-a-no!
— Pega, não deixa cair...
— Ju-li-a-no-Ju-li-a-no-Ju-li-a-no!
— Ô meu! Pensou se cai nas arquibancadas? Tá entupido de gente...
Ouviram-se sirenes: os bombeiros tinham sido chamados e estavam chegando. O pandemônio era geral na escuridão.
— Calma, gente! Nossos técnicos informam que já detectaram a falha, e em poucos minutos...
Nesse instante, outro jornal incendiado subia do outro lado das arquibancadas. Um pedaço dele

desprendeu-se e começou a cair. Uma moça não teve tempo de desviar-se e houve um início de incêndio em seu blusão de náilon. O rapaz do lado apagou as chamas com seu paletó de couro.

Nesse exato instante, a eletricidade voltou.

O sistema de som avisou que em meia hora o festival recomeçaria. Nas arquibancadas, gaúchos, paulistas, maranhenses... todos gritavam torcendo por seus preferidos. Sustentados no grito da torcida, os conjuntos retomavam o nervosismo da hora da apresentação.

No camarim, corriam boatos desencontrados:

— Poxa, quem diria que ele ia fazer isso, hein?

— Sei lá. Será que foi mesmo ele?

— Diz que ele falou que acabava com o festival se a música deles fosse desclassificada...

— Vê lá, isso a gente diz quando tá com raiva, aí a gente fala qualquer coisa. Mas fazer, no duro...

— É, mas o carinha da produção dos Xi-Mangos viu ele com luva de eletricista mexendo na caixa de luz... Sabe ali atrás das pia, onde está o transformador para as caixa de som...?

— Mas, meu, para estourar este sistema de som é preciso um bruta curto, não é qualquer carinha com alicate que faz, não...

— É, mas tão dizendo que foi assim...

— Foi o que, cara?

— Pô, te manca, fica esperto, não é ele o cara que tinha envenenado as caixa dos cara? Só reverter o sistema, cara. Saca?

— Reverter o sistema?

— Isso, cara, isso. Re-ver-ter. Saca? Ligar uma caixa de som direta, de 110, em 220. Mais os milhares de volts, torra num instante, cara. Se ele tivesse tido tempo de mexer na outra caixa de luz, meu, era incêndio na certa!

— Incêndio?

— É, com toda essa fiação plugada... Fogueira, meu!

— Fogão!

— E todo mundo...

— Todo mundo torrado, meu!

— Porra!

— Puta sacanagem...!

O baiano estava confuso.

O gaúcho arrematou:

— Então? Tu não viu que os homem levou ele algemado?

No outro canto do camarim, Homero contava:

— Eu ouvi, mesmo. Ele parecia que tava meio louco. Falando que ia dar um jeito, que ele não ia era voltar pra casa desclassificado, pra todo mundo tirar sarro da cara dele!

— Mas porra! Eles tava completamente chapado na apresentação, o baterista destramelou, ficou peladão...

— E o cheiro, meu? Tu não sentiu?

•

Refez-se o palco. Os apresentadores retornaram. Um deles anunciou:

— E agora, no palco, o antepenúltimo conjunto a se apresentar... De Manaus, o Cobra Norato.

O espetáculo recomeçava e a galera delirava com o verso inspirado em Raul Bopp:

Me sumo
Sem rumo
No fundo
Do mato
Me aprumo
No rumo
Do prumo
Das águas

Empurrados pelo coro de trinta mil vozes, Bilac e Homero mais uma vez foram classificados. Desta vez em primeiro lugar. E foram para a finalíssima, em São Paulo.

23

Outro tio que vem de longe

Todo o pessoal do Cobra Norato torcia pela música de Bilac e de Homero. Tinham acompanhado pela TV todas as etapas do festival. Faxes, telefonemas e internet informavam os bastidores das apresentações. Cada etapa era um sufoco e uma festa. Agora faltava muito pouco para a finalíssima. E Homero e Bilac estavam lá! Ninguém falava de outra coisa, de manhã à noite.

— Tu viu que sacanagem a história do incêndio?

— Já pensou se morria alguém?

— É...

— Aquela música de São Paulo é dez, tu não acha?

— É dez e é *dark*...

Cavaleiro das trevas impuras
Onde vais pelas noites escuras
Com a espada sangrenta na mão?

Na resposta, as palavras acompanhavam o ritmo sincopado dos versos:

— É... a dos paulista é boa, é *dark* e tudo, mas a dos baiano é mais pauleira, mano... Segura pra ver:

Corre orvalho de sangue de escravo
Corre orvalho na face do algoz
Cresce cresce seara vermelha
Cresce cresce vingança feroz

A única coisa em que todos concordavam sempre é que a melhor de todas era *Cobra Norato*. E cantavam em coro, na batida curta, dura e certa:

Me sumo
Sem rumo
No fundo
Do mato
Me aprumo
No rumo
Do prumo
Das águas

E como só torcer era pouco, a torcida se acompanhava de promessas, rezas, velas acesas, corrente de pensamento positivo. Todo mundo sabia a música *Cobra Norato* de cor e cantava junto com os clipes que a TV passava anunciando a finalíssima em São Paulo.

Como a moçada, Padre Vítor e Catarina também torciam. E misturavam a alegria de Bilac e Homero terem chegado à final com o trabalho necessário para inaugurar as oficinas Trabalho de Artista. Tinha saído o financiamento, o início do projeto seria em poucas semanas, e todos queriam que Bilac voltasse para trabalhar com eles.

Catarina ia a São Paulo assistir à finalíssima. Ia de surpresa. Já tinha passagem e reserva em hotel.

O que ainda não tinha muito era coragem: era a primeira vez que voltava à sua cidade. Queria estar com Homero e Bilac.

Padre Vítor foi direto ao ponto:

— Quer dizer que a música dos meninos desencantou tua ida a São Paulo. Já era tempo, Catarina...

— Dessa vez vou mesmo.

Ela silenciou. "Será que encarava São Paulo sozinha?"

Padre Vítor tentou mudar de assunto:

— Precisava ver, Catarina, como Bilac ficou contente quando falei das oficinas...

— Imagino...

Mas Catarina continuava distraída. Mesmo depois de tantos anos, a viagem a São Paulo ainda mexia com ela. Mexia com a cabeça e doía no peito. Vinda de muito longe, a voz do Padre Vítor tentava afastar os fantasmas e trazer Catarina para o dia a dia, o hoje, o agora:

— Acho que Bilac já esperava. Ele sabia que a gente ia falar pra ele voltar. Disse que não conseguia acreditar que tava chegando no seu Caminho Novo...

Catarina fez um esforço para engrenar na conversa:

— E Homero, Vítor?

— Também ficou contente, é claro, mas... para Bilac é diferente. Além disso, tinha um irmão de Homero por lá, acho que teve um problema na família, história de um tio que quase levou a empresa deles à falência. Homero não sei, mas Bilac acho que volta. Bilac é diferente...

Catarina já tinha se desligado de novo. Voltou à conversa no finzinho da frase.

— E quem não é diferente, Vítor?

Esta tinha sido a grande aprendizagem de Catarina.

Ela tinha sido sempre diferente. Primeiro em casa, depois na escola. Foi diferente na guerrilha. Sempre diferente. Aprender a diferença. Conviver com a diferença. Cultivar a diferença. Sendo quem era e estando onde estava, no que fazia e no que falava, Catarina ensinava aos meninos e meninas do Cobra Norato que cada um só era cada um porque era diferente dos outros. E que era bom que fosse assim.

Sua cabeça viajava.

Levantou-se da mesa, puxou o cabelo para trás das orelhas. Fixou os olhos na figura do Padre Vítor. Com uma trena na mão direita e uma planta enrolada na esquerda, ele dizia:

— Têm os galpões. A construção precisa começar já, já, que depois vêm as chuvas. O prefeito prometeu construir, mas, sabe como é, tem de ficar em cima...

— É isso aí, Vítor. Os barracões têm de estar prontos. Quando é que você acha que dá para inaugurar?

Mesmo com o festival monopolizando todas as atenções, era preciso cuidar do projeto que coroava todo o esforço do Cobra Norato. Trabalho de Artista tinha sido notícia no maior jornal do Norte e tinha despertado a curiosidade de todos. Grandes matérias tinham saído em outros jornais e, logo depois, Padre Vítor recebeu o telefonema de um jornalista que queria conhecer pessoalmente o Cobra Norato. Ele pretendia fazer uma matéria grande para uma revista de circulação nacional e a conversa terminou com a oferta de uma espécie de parceria:

— Quem sabe, Padre, quem sabe posso dar uma mãozinha, se tiver oficina de texto...? — propôs o jornalista. Foi de autoria deste jornalista a matéria que foi publicada num semanário de grande tiragem. Traduzido para inglês, o artigo acabou dando grande divulgação ao projeto na Europa, Canadá e Estados Unidos. Como resultado, o Cobra Norato e o Trabalho de Artista entraram na pauta internacional:

(...) a ideia é simples e luminosa: trata-se de educar artisticamente o jovem, de familiarizá-lo com diferentes linguagens e de potencializar sua capacidade de expressão, pelo contato com outras formas de expressão e pela crítica constante (...). Inaugurando-se com uma oficina de música e outra de texto, o projeto visa, em um ano de trabalho intensivo, aprimorar e multiplicar as formas de expressão dos jovens do Cobra Norato e favorecer o escoamento de sua produção cultural — histórias, cantos e contos — para o mercado.

É isso que um padre, uma socióloga, dois músicos, vários voluntários e um punhado de jovens estarão fazendo na Amazônia. O projeto Cobra Norato, que educa jovens sem família, foi selecionado para hospedar o projeto piloto Trabalho de Artista, cuja finalidade é profissionalizar jovens mediante a produção de cultura e arte.

Retrabalhando com esses jovens os universos culturais de que são originários, usuários, portadores e produtores, o projeto terá como produto final um livro e um CD, contendo a história do grupo, resgatada através de música e de histórias. O impacto de outras vozes é essencial para sacudir a mesmice a que se condena qualquer produção cultural voltada para o consumo das classes médias urbanas e modelada pelo seu gosto.

Não é preciso lembrar — ou será que é? — *o best--seller brasileiro dos anos sessenta* Quarto de despejo, *de Carolina Maria de Jesus, que subliminarmente abriu as portas para a literatura de protesto que hoje se escoa no ritmo nervoso do* rap *paulista e do* funk *carioca, fator de renovação da MPB contemporânea.*

A tese que sustenta o projeto é polêmica: há quem acredite que ele será uma forma de apropriação da cultura popular, marginalizada tanto pela força da indústria cultural quanto pelo autoritarismo da cultura das elites.

Condenada a dialogar com as duas, a cultura popular acaba refém de ambas.

Reduz-se a mero exotismo folclórico quando dela se aproxima e se apropria a mídia, fica confinada à reserva — xenófoba, posto que educada — quando dela se ocupa a elite, que, alternadamente, a despreza ou a exalta (...)

O artigo estendia-se e terminava instigando o leitor a escolher um campo e a tomar partido. Quem assinava a polêmica matéria era o jornalista Paulo Pastrini. A quem Homero chamava de tio Paulinho.

24

A chuva de estrelas e o dragão da lua

No fim de tarde, caía uma garoa fina e gelada. Nas lâmpadas dos postes, um halo esbranquiçado circundava a luz. A cidade se fundia em cor de cinza sujo e desbotado. Era quase noite. Escorria água dos edifícios cinzentos, de onde saía uma multidão de empregados e empregadas, funcionários e funcionárias. De golas levantadas e de mãos nos bolsos, todos buscavam refúgio contra o frio que enregelava os ossos.

Era a avenida São João com a Ipiranga. O coração de Bilac saltava no peito.

O trânsito lento arfava no ronco dos ônibus e nas buzinas dos carros. Guarda-chuvas abertos disputavam a calçada, e os transeuntes eram borrifados pelas poças que a tempestade da tarde deixara pelas sarjetas. Os luminosos dos cinemas, como os postes, punham manchas de claridade baça na paisagem cinzenta.

Bilac caminhava devagar, boné ao contrário na cabeça, mãos nos bolsos. Um casaco vermelho, novo, cobria-lhe os ombros e chegava quase até os joelhos. Com o coração aos pulos, cantarolava baixinho:

Onde vais, Cobra Norato?
Na areia não deixou nome
O rastro o vento levou
Onde foi Cobra Norato?

Alheio à chuva, ao frio, aos respingos dos carros que passavam, às buzinas e ao barulho dos ônibus, Bilac cantarolava. As pernas longas levavam-no para os lados da Estação da Luz. Mas os passos eram curtos. O Caminho Novo da Floresta das Águas Grandes era comprido. "Caminho só de ida? De ida e de volta?"

Na sua cabeça, Amazonas e São Paulo fundiam selva e cidade. Nos ouvidos, a aclamação da noite da véspera, a multidão no Ibirapuera que cantava junto com ele e com Mero:

Me sumo
Sem rumo
No fundo
Do mato
Me aprumo
No rumo
Do prumo
Das águas

Ali na avenida, a aclamação parecia brotar do chão, subir ao céu e depois descer na chuva que caía sobre Bilac...

São Paulo desfilava amorosa aos seus olhos: Largo do Paissandu, avenida São João, avenida Ipiranga, Duque de Caxias, as lojas de peças de automóveis já baixando as portas, homens que tomavam uma última cerveja nos bares cheios, mulheres pouco vestidas e muito pintadas já de serviço na porta dos teatros da rua Vitória. Circulando, outras criaturas da noite misturavam-se aos que, cansados, esperavam os ônibus de Vila Anastácio, Jardim Sueli, Jardim Sônia.

Bilac caminhava tentando pôr no lugar as marcas de seu passado que tinha ficado espalhado por ali e parecia não reconhecê-lo. Queria que a chuva reconhecesse nele o moço assustado que tinha ido embora na boleia do caminhão de Quincas. "Tinha ido embora, mas tava voltando. Ou tava de partida de novo?"

Uma ponta de saudade apertava sua garganta.

A garoa apertava.

Carros vermelhos, verdes e azuis viravam manchas escuras em meio à chuva cada vez mais forte. O tempo apressava pedestres e enchia ainda mais os bares, que rareavam à medida que Bilac chegava perto da Estação da Luz. O sinal de trânsito do lado da estação estava quebrado no vermelho. O barulho das buzinas era infernal. Os ônibus faziam uma barreira na pista da direita.

"E o Carneirão da banca de jornais? Será que tinham pegado ele? E o Severino que vendia capas transparentes na Estação da Luz?" Foi num dia de chuva que Bilac tinha conhecido Quincas. "Será que tinha sido esse o começo do Caminho Novo na Floresta das Água Grande? São Paulo é o começo ou o fim do caminho? Sua música falava no rumo do fundo do mato. São Paulo era mata também?"

O nó apertava cada vez mais sua garganta.

Foi em vão que Bilac procurou pela velha banca de jornais: em seu lugar, um tapume anunciava obras de expansão da estação do metrô. Outro tapume protegia a construção do edifício que subia no lugar do cortição onde Bilac tinha morado

primeiro com o pai e a mãe, depois só com o pai e finalmente sem ninguém...

Bilac continuou andando, com a garganta embargada. No rosto, lágrimas e chuva.

Parado numa esquina da avenida Tiradentes, reparou que a chuva fazia uma chuva de estrelas no farol dos carros. "Não é bonito? Parece estrela..."

Nesse instante, ouviu no rádio de um caminhão, que esperava o farol ficar verde, os compassos e os versos que perguntavam *onde vais, Cobra Norato?* na música dele e de Homero, que os tinha trazido de longe, do Recife para Belo Horizonte e Porto Alegre e, depois, de volta para uma finalíssima apoteótica em São Paulo.

Alguns dias mais e Bilac ia voltar para o Amazonas, para o Cobra Norato. Mas uma parte dele ficava em São Paulo. E uma parte grande de São Paulo ficava nele para sempre. Como Catarina tinha dito: *Não tem caminho que não tenha volta.*

E Bilac cantarolou:

Me
Aprumo
No rumo
Do fundo
Da mata

Bilac esqueceu a chuva de verdade e mergulhou na chuva de estrelas.

No centro do cruzamento, quando o sinal abria, desafiando o trânsito, um menino magro e franzino, de calças curtas coladas às pernas magras, com um gorro que escorria água, limpava com um pano sujo e molhado o vidro dos carros parados no sinal:

— Tem um trocado, tio?

— Moedinha, vai, tia...

Poucos tinham. Outros tinham e não davam. Muito poucos ouviam o que o menino dizia, protegidos da chuva e do menino pelos vidros fechados do carro. Um motorista mais impaciente, ao arrancar, deixou o menino no chão. Outros carros, atrás, buzinaram.

Um deles passou por cima.

Bilac acordou da viagem nas estrelas. Com o rosto cheio de chuva e de lágrimas, ajoelhou-se ao lado do menino caído. Ele não se mexia. Com o casaco vermelho que seus braços longos e magros agitavam nervosamente, Bilac parou o trânsito. Mulheres, homens, jovens e não tão jovens, pedestres e motoristas colaboraram. Um táxi branco levou o menino atropelado junto com Bilac para a Santa Casa. O rádio do táxi tocava *Cobra Norato*, música que já estourava em todas as estações de rádio.

Os versos que prometiam *aprumo no rumo do prumo das águas* se enrolavam na figura do menino atropelado na chuva que, na noite seguinte à consagração de Bilac na sua São Paulo reencontrada, era a imagem de sua vida antiga. O rádio calou-se. O menino atropelado ajeitou a cabeça no colo de Bilac. Abriu os olhos. Bilac perguntou seu nome. Ele disse que se chamava Pivete. Bilac disse que Pivete não era nome. Era apelido, como o dele, Poeta. Pivete, então, disse que se chamava Jorge.

E Bilac, o Poeta, com voz macia e olhar brilhante, começou a reinventar a história do nome Jorge, do homem que morava na lua e lutava com um dragão prateado...

Marisa Lajolo

A seguir, conheça mais sobre a vida, a obra e as ideias da autora de Destino em aberto.

Ricardo Wolffenbüttel

Quando a vontade de escrever fala mais alto

Nascida em São Paulo e criada em Santos, Marisa Lajolo sempre gostou de ler e escrever. Por isso acabou fazendo o curso de Letras na Universidade de São Paulo. Professora de literatura no Instituto de Estudos da Linguagem da Unicamp, já escreveu muitas obras teóricas, principalmente sobre a difusão da **leitura** e a formação de leitores, além de uma biografia de Monteiro Lobato.

NOME: Marisa Lajolo
NASCIMENTO: 9/5/1944
ONDE NASCEU: São Paulo (SP)
ONDE MORA: São Paulo (SP)
QUE LIVRO MARCOU SUA ADOLESCÊNCIA: a série de histórias de Tarzan e de Monteiro Lobato, e o romance *O velho e o mar*, de Ernest Hemingway.
MOTIVO PARA ESCREVER UM LIVRO: a sensação de liberdade absoluta para inventar vidas e destinos.
MOTIVO PARA LER UM LIVRO: a sensação deliciosa de estar envolvida em vidas e destinos alheios.
PARA QUEM DARIA SINAL ABERTO: para os amigos, para a solidariedade, para a beleza.
PARA QUEM FECHARIA O SINAL: para gente mandona, para a violência e para as dores físicas.

De tanto discutir, analisar e escrever sobre as obras dos outros, foi **nascendo e crescendo** nela a vontade de também **escrever** uma história. No começo faltava coragem para se aventurar na empreitada, mas, com incentivo dos amigos e da família, a vontade foi ficando maior que a falta de coragem. E ficou tão grande que acabou dando origem a *Destino em aberto*, o seu **primeiro** livro de ficção.

Leia, a seguir, a entrevista em que ela conta as origens dessa experiência, revela detalhes sobre o processo de criação literária e ainda fala da **necessidade da arte** nas nossas vidas.

Na dedicatória deste livro você menciona a viagem de Olavo Bilac e Manuel Bonfim. Que viagem foi essa que inspirou seu livro?

Há muitos anos, estudei um livro chamado *Através do Brasil*, publicado em 1910 por Olavo Bilac e Manuel Bonfim. Na época, detestei. Estava escrevendo uma tese, e quem escreve tese fica às vezes muito mal-humorado e também intransigente com o autor sobre o qual faz o trabalho. Achei o livro conservador, escolar demais, sem graça. Mas aos poucos fui mudando de ideia. Comecei a achar que tinha sido injusta. Aí, quando decidi escrever um livro, fiz a mim mesma um desafio: será que era capaz de escrever um livro no figurino daquele *Através do Brasil* que eu tinha desancado anos atrás? Encarei o desafio, e até batizei meu personagem preferido com o nome de Bilac.

Como foi a experiência de escrever seu primeiro livro de ficção?

Ótima. Achei muito divertido. Foi mais divertido escrever *Destino em aberto* do que qualquer coisa que escrevi até hoje. E também mais difícil. Parece que o ficcionista parte do zero; no caso do ensaísta, tem muita gente que já escreveu sobre o assunto antes dele. Isso acaba dando uma mãozinha na criação do texto.

Dá para dizer que na ficção o escritor está mais sozinho?

Sim, para o bem ou para o mal, o escritor não presta contas a seus pares: só aos seus ímpares, os leitores, ilustres desconhecidos, que são sempre o horizonte e os fantasmas do ficcionista.

Você planejou escrever para jovens ou foi por acaso?

É sempre difícil saber onde acaba o acaso e começa o plano, não é mesmo? Sempre convivi bastante com jovens, talvez por isso tenha situado a história que inventei no mundo jovem. Acho também que a leitura do pessoal mais novo é mais apaixonada, mais total, menos reservada. Lembro muito bem das leituras que fazia quando era jovem. São todas inesquecíveis, marcantes, ficaram para sempre. O mundo à minha volta podia cair, que eu não largava o livro. Acho que esse tipo de leitura jovem, apaixonada, que não se larga, é a leitura que eu gostaria para meu livro.

Em *Destino em aberto* você demonstra grande familiaridade com o universo juvenil, especialmente o do menino de rua: sua linguagem, sua solidão e seu desamparo. De onde vem esse conhecimento?

Um pouco vem de livros, sou freguesa de livros que contam histórias do

mundo contemporâneo, de gangues de rua, do cotidiano dos presídios, da vida nas favelas e nas periferias. Carolina Maria de Jesus, Madame Satã, Drauzio Varella, Ferréz, o *rap* e o rádio, que escuto muito, me familiarizaram com modos de dizer que geralmente uma professora não domina. Comecei por aí. Depois, quando o livro estava mais adiantado, eu convidava crianças que tomavam conta de carro para comerem um lanche comigo: em troca do lanche, elas me contavam a história de suas vidas.
Eu aprendi com eles.

O personagem Bilac desde pequeno revela gosto para poesia e para música. Você acha que vem daí sua força, sua capacidade de sonhar e buscar saídas para sua vida?
Acho que sim. Acho arte fundamental. Claro que não estou falando apenas de arte de museu, de academia, de sala de concerto. Como dizem os Titãs, "a gente não quer só comida, a gente quer bebida, diversão e arte". Queremos arte porque ela nos amplia, nos faz maiores do que nós mesmos.
A arte diz o que nunca tínhamos pensado em dizer, mostra o que nunca tínhamos pensado em ver ou se pensávamos não sabíamos como nem onde. Acho arte fundamental.

Você acredita que a arte pode ser uma saída para os jovens escaparem da marginalidade?
Acredito. A criação é o momento mágico de cada um. O contato com a arte — grafitando, lendo histórias, fazendo e curtindo um som, lendo poesia, dançando, assistindo a filmes e novelas — enriquece nossa vida. Viajamos, multiplicamos nossa experiência, experimentamos

Improviso ritmado

O repente é um estilo musical típico do Nordeste brasileiro. Em geral, os repentistas travam uma batalha, na qual um participante diz versos e desafia o outro a responder. Tem esse nome porque as palavras vêm "de repente" e são sempre uma surpresa. O acompanhamento musical pode ser de pandeiro ou ganzá, num ritmo conhecido como embolada. Pode ter apenas a voz, ou ser acompanhado de violas. A métrica mais comum do repente é a sextilha (seis versos, o primeiro rima com o terceiro e com o quinto e o segundo rima com o quarto e com o sexto versos), mas existem formas mais complexas. O repente pode ser considerado um parente do *rap*: os dois são compostos de ritmo cadenciado e de letras improvisadas.

como seria ser outra pessoa.
O único risco de convivermos
apaixonadamente com a arte
é querermos ser artistas, nos
transformarmos em criadores,
como ocorreu na história de Bilac
e de Homero.

**Tanto Bilac quanto Homero são
despertados para a poesia e para
a música pelas histórias ouvidas
na infância. Você acha que é
importante contar histórias
para as crianças?**
Acho. E não só para crianças. Adoro
histórias, contá-las e
ouvi-las. Que é o que se faz quando
se escreve ou se lê um romance,
um conto, uma novela. Às vezes
acho que a marca distintiva do ser
humano é a capacidade de inventar e
reinventar histórias. Todos os sonhos
e utopias constituem uma história,
e isso vem acompanhando o ser
humano desde muito tempo.

**E como fica a literatura nestes
tempos de globalização?**
Ela tem o papel que sempre teve:
ajudar as pessoas a viver melhor,
multiplicando experiências,
favorecendo vivências de outros
pontos de vista, desenvolvendo
outros olhares para o mundo e para
cada um de nós. Ler o que os outros
leram ou leem nos aproxima deles.

Mas, paradoxalmente, em contraste
com a multidão da rua e com o
ruído da vida moderna, a literatura
também nos faz experimentar a
beleza do silêncio e da solidão.
É pelo menos assim que eu
entendo o fascínio contemporâneo,
por exemplo, por histórias de
aventuras intergaláticas. Já pensou o
silêncio das estrelas? A solidão
em Marte?

A cobra gigante da Amazônia

No livro, o acampamento onde
Bilac conta sua história se chama
Cobra Norato. Diz a lenda que
essa grande serpente, também
conhecida como Boiuna ou Cobra
Grande, seduz os caboclos com
seus olhos luminosos e os leva
para o fundo do rio. Segundo
o mito, ela também pode se
metamorfosear em embarcação
a vapor ou à vela para confundir
e atrair suas vítimas. É a rainha
dos rios da Amazônia. Além de
dar nome a essa lenda amazônica,
Cobra Norato ainda é o título de um
importante livro de poesias escrito
por Raul Bopp e considerado um
marco do Modernismo brasileiro.

Obras da autora

PELA EDITORA ÁTICA

Literatura infantil brasileira: história e histórias (coautoria Regina Zilberman, teoria literária, 1984)
Do mundo da leitura para a leitura do mundo (didática e metodologia de ensino, 1993)
A formação da leitura no Brasil (coautoria Regina Zilberman, teoria literária, 1996)
O preço da leitura (coautoria Regina Zilberman, ensaio, 2001)
A leitura rarefeita (coautoria Regina Zilberman, teoria literária, 2002)
Das tábuas da lei à tela do computador: a leitura em seus discursos (coautoria Regina Zilberman, teoria literária, 2009)

POR OUTRAS EDITORAS

Um Brasil para crianças (coautoria Regina Zilberman, ensaio, 1988)
O que é literatura (teoria literária, 1995)
Monteiro Lobato: um brasileiro sob medida (biografia, 2000)
Literatura: leitores e leitura (ensaio, 2001)
Como e por que ler o romance brasileiro (ensaio, 2004)

sinal aberto

Veja alguns títulos da série

social

De mãos atadas
Álvaro Cardoso Gomes

Alucinado som de tuba
Frei Betto

Casé, o jacaré que anda em pé
Carlos Eduardo Novaes

A infância acabou
Renato Tapajós

Por um pedaço de terra
Renato Tapajós

Isso não é um filme americano
Lourenço Cazarré

Rádio muda
Renato Tapajós

Vida de droga
Walcyr Carrasco

MARISA LAJOLO

Destino em aberto

sinal aberto

SUPLEMENTO DE LEITURA

Nome

Escola

º ano

editora ática

Homero e Bilac. Dois jovens que moram em São Paulo. Um é rico; o outro, pobre. Um faz música; o outro, versos. Sem saberem da existência um do outro, saem de São Paulo e tomam diferentes caminhos, que se encontram na Amazônia. Vamos cruzar o país com eles e entender melhor suas histórias?

A. BILAC, HOMERO E O COBRA NORATO

1. O livro possui uma **estrutura narrativa** diferenciada. Leia as alternativas abaixo e assinale as que trouxerem **informações verdadeiras.**

( ) O tempo narrativo é linear ao longo de todo o livro, sempre seguindo a ordem dos acontecimentos.

( ) A história começa no momento em que Bilac chega ao acampamento Cobra Norato e faz um recuo no tempo real.

( ) Pode-se dividir o livro em três momentos: o passado mais distante de Bilac e Homero; o momento também passado em que se conheceram no acampamento; e os fatos mais recentes que envolvem a vitória deles no festival de música e o retorno dos dois a São Paulo.

( ) A melhor forma de dividir o tempo da narrativa é: passado (com Bilac narrando sua história); presente (com Bilac e Homero se conhecendo); futuro (com os dois retomando o caminho de volta a São Paulo).

( ) O foco narrativo da história permanece o mesmo, ainda assim há alternância entre os enredos dos dois personagens principais.

( ) O foco narrativo do texto muda de acordo com a alternância das histórias dos dois personagens principais.

2. O **acampamento Cobra Norato** era muito mais do que um lugar onde ficar.

a. Assinale as afirmações que melhor descrevem o acampamento.

( ) Um projeto que nasceu para combater a escravização e prostituição de menores.

( ) Um projeto criado para combater o tráfico de drogas.

( ) Mantém uma escola para crianças e jovens dos arredores de Manaus.

( ) Atende somente jovens de grupos indígenas.

ATIVIDADE ESPECIAL

O MUNDO AO SEU REDOR

Bilac transforma cenas do cotidiano em versos, em ritmo. Busca inspiração em coisas simples e corriqueiras.

Versos curtos e diretos também são usados pelo *rap* para falar do dia a dia e denunciar tudo o que não está em seus devidos lugares.

Reúna-se com seus colegas e discuta o que vocês veem de errado no mundo ao seu redor, o que parece estar de ponta-cabeça, mas ninguém percebe e ainda age como se fosse tudo muito normal.

Componham versos de manifesto, que mostrem o jeito de vocês verem e criticarem o mundo e, depois, apresente para seus colegas lendo as poesias ou cantando-as como um *rap*.

AGORA O ESCRITOR É VOCÊ

Suponha que já se passou um ano desde que Bilac e Homero participaram do festival e que você seja jornalista e vai escrever uma reportagem sobre o trabalho deles. Para introduzir, faça um breve histórico dos dois compositores e escreva aquilo que você imagina que eles vêm fazendo nesse último ano.

a. O que faz Bilac e Homero decidirem viajar?

b. Como eles têm a ideia de ir para a Amazônia?

c. Que meio de transporte eles usam?

5. Bilac e Homero chegam a Manaus por caminhos bem diferentes e retornam a São Paulo pelo mesmo caminho. Relembre os trajetos feitos pelos dois e reflita:

a. O caminho sem volta de Bilac realmente era sem saída? Por quê?

b. Você acredita que Bilac tinha motivos para temer voltar a São Paulo? Quais?

c. E Homero, você acha que seu caminho de volta foi mais fácil que o de Bilac? Por quê?

d. Você acha que depois do Festival eles retornariam para o acampamento Cobra Norato? Por quê?

b. Quem chegava até o Cobra Norato buscando refúgio?

_____

_____

c. Os organizadores do acampamento obrigavam cada um que chegava a narrar sua história? Como era essa recepção?

_____

_____

3. Viajando, Homero e Bilac conheceram muita gente interessante. Relacione esses muitos personagens às suas histórias.

Padre Vítor	Socióloga, foi guerrilheira durante a ditadura militar. Vive em Manaus trabalhando em uma empresa e também no acampamento.
Catarina	Motorista de caminhão que ajudou Bilac a sair de São Paulo.
Martha	Trabalha no projeto do Unicef documentando a infância no Brasil. É uma ex-viciada e ainda sente vontade de se drogar em momentos de tensão.
Quincas	Prometida de santo, vestia-se de branco e não poderia namorar ou se casar.
Geraldão	Criador do Projeto Cobra Norato, buscava dar uma vida digna aos jovens sem família.
Vilma	Trabalhava no porto de Manaus e tentou convencer Bilac a voltar para o tráfico de drogas.

B. DESTINOS QUE SE CRUZAM

4. O nome de Bilac foi inspirado no poeta brasileiro que fugiu de casa para não ser médico e que escreveu, dentre outros, o poema "Via Láctea". O de Homero foi inspirado no poeta grego que contou a história da grande viagem de Ulisses de volta à Grécia. Muitos pontos unem esses destinos...